나는
당신의 바다를
항해 중입니다

나는
당신의 바다를
항해 중입니다

이성아 산문집

프롤로그 항해라는 말 7

스며들겠습니다 13

항로 19

기척 23

포춘을 만나다 28

출항 41

꿈 50

태양을 지키는 사나이 52

풍경에 대하여 61

싱가포르항 71

차 례_ 캡틴, 우리들의 캡틴 83

해 지고 달 뜨다   89

한 번이면 족하다   93

인도양   98

동경과 현실 사이   117

자유에 대하여   127

하얀 바다   140

Perfect day   150

퇴선   163

예멘의 밤   177

에필로그   항해는 끝났으나   185

항해라는 말

여름날 바다에서 제일 좋아하는 물놀이가 스노클링이다. 산소통을 멘 프로 다이버들처럼 깊은 바닷속까지 들어가지는 못해도 호흡기에 수경을 쓰고 수중 세계를 잠깐이나마 엿보는 즐거움은 꽤 짜릿하다. 수경 하나 썼을 뿐인데, 밖에서 바라보는 바다와는 전혀 다른 풍경을 볼 수 있다. 수면 아래에 이렇게 환상적인 세상이 펼쳐져 있었다니. 빛의 반사 때문에 빚어진 현상이지만, 수면이 이토록 야멸차게 물속과 물 밖 세상을 가르고 있다는 게 놀라웠다.

스노클링을 하다가 숨을 멈추고 물속에 앉아 물 밖 세상을 보았다. 푸른 하늘에 새라도 날아가면, 문득 그곳이 물속 세상처럼 보였다. 새가 물고기처럼 보이는가 하면, 내 머리 위에서 헤엄치는 물고기가 새처럼 보이기도 했다. 물고기의 눈이 되어보는 것이다. 물고기는 수면 너머 세상을 어떻게 생각할까. 물 밖으로 나오면 곧 헐떡거리며 죽어야 하는 물고기에게는 몹시 불공평하겠지만, 우리는 장비와 기계의 힘을 빌려 수중 세계를 잠깐이나마 엿볼 수 있다. 물속 세상은 육지와 너무나 다르면서도 비슷하다. 그곳에도 드넓은 평지가 있는가 하면 깎아지른 절벽도 있고 해초가 빽빽해서 어둑한가 싶으면 햇살 고즈넉한 곳이 나타나고 바위 사이로는 조류가 급하게 흐르기도 한다. 자잘한 물고기들은 재빠르게 방향을 바꾸면서 떼를 지어 몰려다니고, 덩치가 큰 물고기들은 어딘지 음험한 표정으로 큰 바위틈에서 어슬렁거린다. 크고 작은 패류들도 각자 좋아하는 지형을 찾아 바위를 타고 기어 다닌다.

언젠가 심해의 지형을 보여주는 3차원 영상을 보고 그만 홀딱 반해버렸다. 그곳이 육지의 지형이었다면 그토록 반하지 않았을 것이다. 수심 2천 미터 아래는 완전히 암흑세상이다. 지금까지 밝혀진 가장 깊은 수심이 약 만 미터라고 한다. 그곳에는 태초의 침묵이 지층처럼 차곡차곡 쌓여 있을 것이다. 결코 갈 수 없는 곳, 그 단호함이 나를 강렬하게 끌어당겼다.

*

대한민국은 삼면이 바다로 둘러싸인 반도 국가이다. 분단되기 전만 해도 중국, 러시아, 그리고 유럽 대륙까지 육로를 통해 자유롭게 다닐 수 있었다. 그러나 대륙으로 나아가는 길은 북한에 가로막혀버렸다. 그 세월이 70년이다. 우리에게는 어디로든 갈 수 있는 바다가 활짝 열려 있지만, 바다는 우리의 상상력을 자극하기 전에 고립의 이미지가 더 큰 게 사실이었다. 출구라기보다는 장벽이었다. 섬, 그것이 우리나라의 이미지였다.

우리 작가들은, 죽죽 벋어나갈 수 있는 가능성으로서의 바다를 직접 보고 체험하고 싶었다. 연안을 넘어 대양에 대한 상상력을 키우고 싶었다. 아니다. 솔직히 고백하면, 꿈조차 꾸지 못했다. 대양을 항해하다니, 그런 발상조차 하지 못했다. 대양은 소수의 특별한 이들에게만 허락된 세상인 줄 알았다.

혹시 모르겠다. 내가 부자였다면, 유람선을 타고 대양을 건 넜을지도. 그랬다면 아무런 갈망도 생기지 않았을 테다. 갈망 이 없는 곳에는 사유도 없다. 유람선을 타지 않은 것을, 아니 못 탄 것이지만, 가슴을 쓸어내리며 다행이라고 생각한 건 데 이비드 포스터 월리스의 글을 읽은 후였다. 그는 잡지『하퍼 스』의 의뢰로 메가십(mega ship) 유람선 승선 체험기를 쓴다. 거대한 시장이 된 메가십 유람선 시장의 홍보 문구는 마치 천 국의 파라다이스를 묘사하는 것 같다. 말 그대로 물 위에 떠 다니는 거대한 호텔인데, 육지의 호텔과 완연히 다른 점은 승 선 기간 동안 당신들은 손 하나 까딱할 필요가 없음은 물론 식 사에서 엔터테인먼트까지 완벽한 스케줄에 몸을 맡기고 있기 만 하면 된다. 생각도 필요 없다. 그저 요람 속 아이처럼 흔들 릴 준비만 하면 된다. 우리의 투덜이, 월리스는 처음부터 끝까 지 불평불만에 가득 차 있다. 크루즈 승선 중 월리스는 자신의 투덜이 기질이 미국인의 본능 중 하나라는 걸 깨닫는다. 체험 기의 제목은『남들은 좋다고 하지만 나는 두 번 다시 하지 않 을 일』인데, 나는 그의 글을 읽는 것만으로도 이미 넌더리가 났다. 크루즈 비즈니스가 이토록 거대한 시장을 형성하고 있다는 것을 나는 몰랐다. 자본주의 비즈니스의 총화인 것이다.

　우리의 항해가 가능했던 건 전적으로 소설가 H가 아이디어를 짜내고 이리저리 발품을 팔고 다닌 덕이었다. 섬에서 태어나고 자란 H에게, 바다는 익숙한 세계였다. 그럼에도 대부분의 우리들처럼 더 나아가고 싶은 꿈을 가로막는 장벽이었을 테다. 그가 우리와 다른 점은, 우리가 꿈도 꾸지 않을 때 요모조모 궁리를 하며 길을 찾았다는 것이다.

　그는 여러 해운사와 접촉했다. 섬의 이미지에 갇혀 있는 작가들에게 대양의 상상력을 키울 기회를 달라고 도움을 청했다. 긍정적으로 검토하는 곳도 있었고 처음부터 고개를 젓는 곳도 있었다. 될 듯 말 듯 애를 태우는 시간이 흘러서 마침내 승낙한 곳이 H상선이었다. H상선은 그들의 운항 일정에 맞춰 작가들을 몇 차례에 걸쳐 승선시켜주기로 했다.

　나는 2차로 승선하게 되었다. 함께 타는 사람은, 나를 포함해서 세 명의 소설가와 한 명의 시인이었다. 소설가 J와 L은 습작기 때 만났다. 합평을 하면서 울기도 많이 울고 술도 많이 마셨다. 그때처럼 술을 많이 마시고 그때처럼 많이 울어본 적이 없었다. 내 평생 울 것을 그때 다 울어버린 것 같다. 습작품은, 어두운 골방에서 억눌린 채 갇혀 있던 아이처럼 못나고 애처로웠다. 부끄러워서 자기연민이 앞섰다. 감추고 싶은 것들이 여지없이 날카롭게 간파당했다. 자의식 과잉과 자기미화로 난도질을 당하고 나면, 내가 공격받는 듯 서러웠다. 그 시절을 통과하면서 우리는 서로의 밑바닥까지 다 보아버린 사이였다. 세월이 흘러 우리는 작가가 되었고, 배에서 다시 만났다.

세 명의 여자 작가와 한 명의 남자 시인이 승선 동기가 되었다고 했을 때, 누구도 그 조합을 이상하게 생각하지 않았다. 여자인 우리보다 더 섬세하고 여성적인 사람이 P이기 때문이다. 이 말에 대해 P는 빙그레 웃는 것으로 긍정할 것이다. 그런데 P는 세 명의 여자 작가들 사이에 끼는 순간, 자기도 모르게 은근히 남성적인 기질을 발휘하는 듯했다. 그럴 때면 우리는 놀리듯 깔깔 웃었다. 그때만 해도 우리는, 그의 연약한 어깨에 기대는 날이 올 거라고는 상상도 하지 못했다.

이렇게 우리는 한배를 탄 운명으로 묶였다.

'항해'라는 말로 묶였다.

스며들겠습니다

중국에 갈 때 배편을 이용한 적이 있었다. 비행기를 타면 한두 시간 거리였다. 배편을 선택하면, 배 타는 시간만 열 시간이 넘는데다 청도에 도착해서 북경까지 기차를 갈아타야 하는 여정이었다. 그럼에도 나는 배편을 선택했다. 아니, 그래서 배편을 선택했다. 배를 타고 싶은 게 아니라, 배로 가고 싶었다. 해변이나 연안이 아닌 진짜 바다를 보고 느끼고 싶었다.

배로 하는 여행은 여유로웠다. 항구에서의 출국은 공항 같은 긴장감이 없었다. 공항의 검색대는, 여행객들을 잠재적인 테러리스트로 간주하지 않던가. 할 수만 있다면 속옷까지 벗길 태세다. 미국 입국 때는 전신 엑스레이를 촬영한다니, 강제 사이버 탈의라고 하겠다. 거기에 비하면 항구의 그것은 시골 간이역 분위기다. 그래서 범죄자들이 주로 배를 이용하나 보다. 무엇보다 항공권의 절반도 안 되는 가격으로 2인 1실의 방을 얻었다. 널찍한 방에는 싱글 침대가 두 개, 티 테이블, 위성 텔레비전, 세면대, 그리고 바다가 보이는 창문이 있었다. 움직이는 호텔이었다. 물론 럭셔리한 크루즈와 비교하면 안 된다. 여객선에는 땀 냄새 시큼한 다인실의 고단한 삶도 있다. 창문도 없는 갑판 아래, 교실처럼 넓은 바닥에서 되는대로 적당히 자리를 차지하고 몸을 부리는 것이다. 보따리 장사를 하는 사람들이 주 고객층이었다. 보따리 장사라는 게 실은 대부분이 밀수였다. 그들은 중국 공안의 눈을 피해 물건 하나라도 더 통과시키려고 이리 풀었다 저리 묶으며 다시 포장하느라 정신이 없었다. 배에서 내릴 무렵 그들은 담배를 마치 탄띠처럼 배에 두르고 두툼한 옷으로 가렸다.

배는 늦은 오후에 출항했다. 서해를 가로질러 대륙을 향해 서진했다. 서둘러 식당으로 가서 저녁을 먹고 갑판으로 나갔다. 노을이 지고 있었다. 바다 한가운데서 바라보는 노을은 너무 압도적이어서, 차라리 슬펐다. 360도 서라운드 입체 화면에서는 새빨간 불덩이가 바다를 만나 붉게 번지고 있었다. 세상의 소음이 제거된 객석에는 나 혼자였다. 배가 물살을 가르는 소리만 규칙적으로 들렸다. 그 소리를 가만히 듣고 있노라니, 심연을 누비는 향유고래가 보이는 듯했다. 뿔고둥 소리 같은 향유고래의 울음소리가 길게 파문을 일으키면서 나의 내면 어딘가를 건드렸다. 미국의 골든게이트 브리지는 자살의 명소라지. 압도적인 것은 슬픔과 맞닿아 있다. 아름다움도 지나치면 위험하다. 지나친 황홀경은 인생무상을 불러오는 것이다. 나는 삶이 위태로울 정도로 인생무상의 경지에 미치지는 아니하여 잠시 후 선실로 돌아갔다.

밤이 깊었으나 하늘이 흐려 아무것도 보이지 않았다. 동그란 선실 창은 까만 도화지로 막아놓은 듯했다. 나는 어슬렁거리며 선내를 구경하다가 식당 옆에 있는 게임룸으로 가서 난생처음 파친코를 했다. 선무당이 사람 잡는다고 하던가. 심심풀이 삼아 코인을 만 원어치 바꾸었는데, 열 개도 채 넣지 않아서 잭팟이 터졌다. 갑자기 뭔가 깨지는 듯 요란한 소리를 내면서 동전이 쏟아졌다. 세어보니 뱃삯의 절반가량 되는 돈이

었다. 나는 도박사가 될 깜냥은 아닌지라 그 정도에서 만족하고 자리를 털고 일어났다. 뒷맛이 개운하지는 않았다. 어쩐지 누군가의 돈을 갈취한 기분이었다. 그리고 다음 날, 동그란 창으로 쏟아지는 눈부신 햇살에 잠이 깼다. 갑판에 나가니 중국 대륙이 서서히 다가오고 있었다.

비행기를 타는 것과 배를 타는 것, 그것은 빠름과 느림의 차이가 아니었다. 하늘과 바다의 차이도 아니었다. 배를 타고 가는 것은, '가다'보다는 '스며들다'에 가까웠다. 내가 다가가는 만큼 목적지도 조금씩 품을 열어주며 내게로 다가왔다. 유리 위의 물방울 두 개가 조금씩 부풀어가다가 마침내 하나로 뭉치듯, 서로를 끌어당기는 듯했다. 목적지에 툭, 떨어지는 캡슐 같은 비행기와는 비교할 수 없는 묘한 매력이었다. 그 매혹의 시공간은 오직 내게 속한 것이었다.

여기에 역설이 있다. 그 시공간이 매혹적으로 느껴지는 건, 그것이 사라지고 있기 때문이다. 매혹은커녕, 종종 불필요한 것으로 인식된다. 비효율적이기 때문이다. 자본주의 시대에 비효율은 잡초 같은 것이다. 마땅히 제거되어야 한다. 과정 따위는 몰라도 된다. 결과만이 중요하다. 오직 목적만이 돌올하게 새겨진다. 더불어 나라는 주체는 희미해지게 마련이고, 때로는 수단으로 치부되기도 한다. 인식하지도 못하는 사이에.

과정을 생략하는 것은 현대 문명의 특징이다. 과정을 깨끗하게, 과감하게 생략할수록 환호를 받는다. 먹는 것 한 가지만 생각해봐도 분명해진다. 집에서 닭을 키워서 달걀을 먹다가 복날 그 닭을 잡는다. 아버지가 목을 치고 털을 뽑으면 엄마가 설설 끓는 솥에 집어넣고 푹 고아서 그것을 온 가족이 둘러앉아 먹는다. 달걀 하나도 어디서 어떻게 내 밥상까지 왔는지 알던 시대는, 흘러갔다. 닭고기 요리는 환영하지만 닭 피는 역겹다. 닭을 키우는 사람과 먹는 사람이 분리되었다. 여행도 다르지 않다. 고단한 여정은 생략될수록 환영받는다.

항로

해변의 모래밭에 끊어질 듯 말 듯 가늘게 실금이 그어진 것을 본 적이 있다. 다가가 보니 손톱보다 작은 고둥이 지나간 궤적이었다. 고둥은 제 행적을 따라 궤적이 그려지고 있는 걸 알까? 그런데 이 넓은 모래밭을 건너 어디로 가는 것인가. 쪼그려 앉아 부질없는 생각을 하고 있는데, 잔파도가 밀려왔다. 얼른 뒷걸음질쳤다. 고둥의 흔적도 말끔히 지워져버렸다. 쓸데없는 생각 하지 말라는 것 같았다. 그러나 나는 이미 고둥의 흔적을 보면서 인간의 길도 이럴까 생각해버린 후였다. 우리가 살아가는 궤적도 초월적인 어떤 이의 눈에는 한낱 가느다란 빗금일 뿐인지, 그리고 어느 한순간에 지워져버리는 것인지 궁금했다.

그런데 그분도 몰랐을 것이다. 나라는 인간이 설마 대양에 궤적을 남기리라고는. 우리가 타고 갈 배가 결정된 후, H상선 서울 본사에서 우리가 가게 될 항로를 지도 위에 그려줄 때, 나는 언젠가 보았던 모래밭의 고둥을 떠올렸다.

H상선에서 알려준 우리의 운항 루트는 이렇다.

홍콩항에서 승선한다. 부산에서 배가 출발한다고 알고 있는데, 부산에서 타지 못하고 홍콩까지 비행기로 날아가서 하룻밤을 기다렸다가 타야 한다. 왜 그래야 하는지는, 모른다. 컨테이너선을 운항하는 일에서 중요한 건 사람이 아니다. 컨테이너다. 컨테이너선은 이를테면 택배 차량인 셈이다. 택배 상자 하나하나 조심스럽게, 보낸 이의 정성을 고스란히 받는 이에게로, 제날짜에 맞춰 배달하는 것이 주요한 임무인 것이다. 우리는 컨테이너선에서 더부살이를 하는 객일 뿐이다. 그러므로 이 글의 주인공은 바다, 하늘, 수평선, 별, 태양, 달, 돌고래, 배 그리고 컨테이너가 될 것이다.

홍콩에서 출항해서 다음에 기착하는 곳은 싱가포르항이다. 싱가포르에서 일을 마치고 출발하면 쉬지 않고 달려서 목적지인 네덜란드의 로테르담까지 보름 가까이 줄곧 항해만 하게 된다. 네덜란드에서 일을 마친 후 한국까지 돌아오는 것을 1항차라고 한다. 1항차는 가는 데 20일 돌아오는 데 20일, 약 한 달 반가량이 소요된다. 한국에 돌아갔다고 해서 선장이나 선원들이 쉴 수 있는 건 아니다. 곧바로 다음 항차를 준비해야 한다. 잠깐이나마 집에 가서 가족들 얼굴 볼 시간이라도 있으면 다행이고, 그럴 만한 짬이 나지 않으면 가족들이 배로 오기도 한다. 약 반년 정도, 또는 그 이상을 항해해야 간신히 한 달 정도의 휴가가 주어진다.

우리들은 네덜란드의 로테르담에서 배를 내린 후 돌아올 때는 비행기를 탈 예정이다. 그러니까 0.5항차를 하는 셈이다. 인천공항에서 출국할 때의 일이다. 보딩패스를 발부하던 항공사 카운터 직원이 고개를 갸웃거렸다. 홍콩에서 네덜란드까지는 어떻게 가는 거죠? 우리는 비밀요원들처럼 입을 꾹 다문 채 미소만 지었다.

홍콩과 로테르담 사이에는 지도만 봐도 막막한 인도양이 펼쳐져 있다. 수많은 섬과 해협, 거대한 인도 대륙을 지나고 또다시 수많은 섬과 해협을 통과해야 마침내 대서양으로 나갈 수 있다. 지구를 반 바퀴 도는 것이다. 홍콩항을 출발해서 남중국해를 지나고 인도네시아와 말레이시아 섬 사이 말라카 해협을 빠져나와 벵골만을 지나면 인도양이다. 인도 대륙 아래 스리랑카를 지나기 위해서는 적도 부근까지 접근해야 한다. 적도를 지난 후에는 아라비아해를 향해 기수를 오른쪽으로 돌려 항진, 아라비아 반도와 아프리카 대륙을 양옆에 낀 홍해를 지나게 된다. 그리고 수에즈 운하를 통과하면, 그리스 이탈리아 터키 이집트 리비아 튀니지 알제리 모로코 스페인으로 둘러싸인 유럽의 호수 지중해다. 모로코와 스페인 사이의 지브롤터 해협을 빠져나가면 마침내 대서양이다.

인도양에 대서양이라니, 아라비아해와 출애굽기의 홍해는 어떤가. 지중해는 또 어쩌나? 나는 이 바다의 이름만으로도 격정에 겨워 느닷없이 조물주까지 떠올리고 있었다.

기척

승선 하루 전날, 홍콩에 도착한 우리는 시내 여기저기를 돌아다녔다. 홍콩이 초행이었고 뭐라도 해야 했으니까. 빅토리아 트램을 타고 홍콩 섬에도 가고 장국영이 투신했다는 만다린 호텔을 한참 동안 올려다보며, 장국영은 왜 자살을 선택했을까 생각했다. 삶이 복잡한 것 같아 조금 먹먹했지만 남은 자가 할 수 있는 건 애도밖에 없었다. 시내로 가서는 포토존에 설치된 양조위 등신대와 팔짱을 끼고 사진을 찍었다. 홍콩 거리가 너무 복잡하고 날씨까지 더워서 정신이 혼미할 지경이었다. 구룡공원에 가서야 간신히 숨통이 트이는 것 같았다.

　그곳에서 반얀트리를 보았다. 난생처음 보는 나무였다. 수
피는 거대한 초에서 촛농이 흘러내린 듯한 형상이었고, 당산
나무에 오방색 천을 묶어놓은 듯 잔가지가 어지럽게 늘어져
있었다. 반얀트리는 무화과나무 속 고무나무의 일종인데, 큰
것은 30미터까지 자란다. 얼른 보면 여러 그루의 나무가 뭉쳐
있는 것처럼 보이지만 실은 한 그루다. 나뭇가지가 사방으로

퍼지는데, 가지에 공기뿌리가 있어서 가지가 늘어져 땅에 닿
으면 거기에서 뿌리를 내려 또 나무가 자라나 금방 숲처럼 된
다. 그래서 '걸어 다니는 나무'라고 부른다고 P가 알려주었다.
나무가 걸어 다닌다고? 나무는 그 자리에서 꼼짝 못한다고 알
고 있던 나의 고정관념을 깨주는 나무가 있었구나 생각하니,
어쩐지 통쾌하고 그늘은 더욱 시원하게 느껴졌다. 그때 내 심

정이 반얀트리 같았다. 저벅저벅 걸어서 홍콩을 벗어나고 싶었다. 홍콩은 너무 복잡해서 정신없이 돌아가는 세탁기 속에 앉아 있는 기분이었다.

그럼에도 예민하게 감지되는 기척이 있었다. 스무 날 동안 나를 태우고 대양을 헤쳐나갈 배가 서서히 나를 향해 다가오는 기척이었다.

물 기척이 심상치 않다.

꽃샘추위가 에이는 이런 한밤중에, 누군가가 강을 헤엄쳐 건너려 하고 있다. 팽팽하게 긴장된 그 기척은, 건너편 기슭에 있는 세 바퀴 큰 물레방아가 쉬지 않고 내는 물소리 밑을 빠져나와, 정확하게 이쪽으로 다가오고 있다. 나는 숨을 죽이며 가만히 펜을 놓고, 그리고 여전히 마음의 귀를 기울인다. 아무래도 짐승류는 아닌 것 같다.

사람이다. 직접 본 것도 아닌데, 사람이 틀림없다는 확신이 나를 꿰뚫고 지나간다.

헤엄치는 자의 기척이 한층 짙어져 오고 있다.

　　　　　　　　—마루야마 겐지, 『물의 가족』

　기척이란 말을 참으로 아름답게, 인상적으로 각인시킨 것
은 마루야마 겐지의 『물의 가족』이었다. 영혼의 구원이란 문
제를 시적인 문체로 탐구한 소설이었다. 주인공은, 누이를 사
랑한 죄로 가족을 떠나 고독하게 죽은 영혼인데, 그는 고향의
온갖 물에 대해 시로 쓰고 싶어 했던 사람이었다. 그는 죽어서
도 고향의 강과 바다, 산을 떠나지 못하고 가족들의 삶을, 기
척을 느끼는 것이다.

　철벅철벅, 뱃전에 와서 부서지는 물결 소리와 '기척'이란 말
은 오누이처럼 잘 어울렸다.
　그날 밤 자려고 누운 나의 귓전에는 철벅철벅, 물소리가 계
속 들렸다.

　기척이란 말이 그때만큼 마음에 와닿은 적이 없었다.

포춘을 만나다

마침내 항구로 향했다. H상선의 현지 주재원이 우리를 배까지 안내해주었다. 먼저 출입국 심사를 통과해야 한다. 심사대에는 다양한 국적의 선원들이 입항 절차를 밟고 있었다. 우리도 여권과 짐 검사를 받았다. 검색대 직원들이 정체불명의 여자들을 흘깃거렸다. 배와 항구는 남자들의 세계라는 걸 실감했다. 선기관장의 아내가 배에 타는 경우가 간혹 있다는 건 나중에 들었다. 그러나 우리는 어느 모로 봐도 그런 분위기가 아니었던 거다. 보안 구역을 통과한 후 다시 타고 온 자동차에 올랐다. 항만구역 안에서는 걸어 다닐 수 없다고 한다. 저절로 고개가 끄덕여졌다. 그곳은 컨테이너로 이루어진 침엽수림이었다. 네다섯 개씩 쌓아 올린 컨테이너들 사이로 크레인과 지게차와 트럭들이 바쁘게 움직이고 있었다. 물동량이 아시아 최고라는 홍콩항의 컨테이너 숲을 걸어 다니다가는, 길을 잃거나 목숨을 잃거나 둘 중 하나일 것이다.

다행히 길을 잃지도 않았고 목숨을 잃지도 않았으나 눈알이 뱅글뱅글 돌 것 같았다. 저 많은 컨테이너가 다 어디에서 와서 어디로 가는 것인가. 컨테이너 속에는 의식주에 관련된 모든 것들, 소소한 일상용품에서부터 의류, 건축자재, 가전제품, 각종 공산품, 그리고 냉동 식재료까지, 그야말로 없는 것 빼고 다 있을 것이다. 모르긴 해도, 무인도에서도 무엇 하나 부족함 없이 살 수 있을 것이다. 그것들을 빠짐없이 열거하는 건 애초에 불가능할 테고, 저 속의 것들을 다 빼서 늘어놓으면 어떤 그림이 될지 상상이 되지 않았다. 분명한 것 하나는 무엇 하나 빠짐없이 누군가의 손길을 거쳤으리라는 것. 컨테이너 하나하나에는 수많은 기업과 노동자들의 땀, 그들의 정성과 노력, 그리고 그것에 기대어 사는 온 가족의 희망이 어려 있는 것이다. 그러니 우리가 타는 컨테이너선에는, 그 어떤 호화유람선과도 비교할 수 없는 삶의 정수가 응축되어 있다. 컨테이너만 보고도 나는 벌써 울컥, 했다. 쇳덩어리로 만든 상자를 보고 감동하는 날이 올 줄이야. 문제는 너무 자주 울컥한다는 거였다.

눈알은 팽팽 돌고 목울대는 뜨거운 상태로 십여 분쯤 달렸을까. 골목길처럼 컨테이너가 나란히 정렬한 소실점의 끝에 거대하고 파란 무언가가 가로막고 있었다. 그것이 항구의 끝이었고, 바다의 시작이었다.

부산에서부터 달려온 배가 그곳에 정박 중이었다. 무슨 일이 있었냐는 듯, 아무 일도 아니라는 듯 묵묵하게 서 있었다. 자동차에서 내리자 엄청난 소음이 먼저 달려들었다. 그러나 우리 앞에 버티고 있는 배의 위용에 압도당해서 아무 소리도 들리지 않았다. 우리는 배를 올려다보며 한동안 멍하니 서 있었다.

얼마나 크고 얼마나 높은지, 선수에서부터 선미까지 한눈에 다 담을 수도 없었다. 파노라마 기법의 카메라 눈이 필요했다. 파란색 페인트로 칠한 측벽을 따라서 영어 알파벳이 쾅, 쾅 박혀 있었다. F. O. R. T. U. N. E. 문자는 배의 규모에 걸맞게 컸는데, 각각의 문자는 각각 전혀 다른 세상으로 인도하는 문 같았다.

음, 그러니까, 포오춘? 포춘! 아, 포춘. 아름답기도 해라. 포춘은 행운이란 뜻이 아닌가. 운명, 재산, 미래라는 의미도 있다. 그러니까 네 이름이 포춘이로구나. 포춘은 자신의 이름을 큰 소리로 외치고 있는 것 같았다. 그런데 포춘은 접두사에 따라 그 의미가 180도 달라진다. 행운과 불운으로. 그러나 그때 내게는 한쪽밖에 보이지 않았다. 보자마자 사랑에 빠졌으니까.

얼떨떨한 채로 계단을 올라갔다. 갱웨이(gangway)라고 부르는, 난간이 있는 철제 계단이 갑판까지 이어져 있었다. 갑판의 약 4분의 3 정도 되는, 선미에 가까운 쪽 지점에 7층 높이의 데크하우스가 있다. 이곳은 승무원들의 거주 공간으로 사무실과 선원들의 숙소, 식당과 비디오, 노래방 시설이 갖춰진 휴식 공간, 체력단련실, 각종 창고들이 있다. 나머지는 온전히 컨테이너를 위한 공간이다.

우리를 병아리처럼 몰아 사무실까지 데려간 현지 주재원은 우리를 승무원에게 인계하고는 곧바로 떠났다. 승선 서류 몇 가지에 사인을 하고 옷과 신발을 지급받았다. 우주복처럼 위아래가 붙은 주황색 작업복은 과연 입을 일이 있을지 의심스러웠다. 하지만 두꺼운 고무 밑창을 덧댄 운동화는 갑판에 나갈 때 반드시 신어야 한다. 온통 철판으로 되어 있는 배에서 미끄러지기라도 하면 쇠 난간에 부딪쳐 크게 다치거나, 최악의 경우에는 그대로 미끄러져 바다로 빠질 수도 있다고 했다. 밑창 안에는 자석도 부착되어 있었다. 우리는 신발이 부적이라도 되는 양 품 안에 꼭 끌어안았다.

다음에 안내받은 곳은 선장실이었다. 엘리베이터를 타고 올라갔다. 면바지에 티셔츠를 입은 사람이 우리를 맞았다. 선장이라고 하면, 파이프 담배까지는 아니지만 딱 벌어진 어깨에 각진 얼굴, 구릿빛 피부 따위의 식상한 이미지나 떠올리고 있던 나의 예상을 여지없이 깨는 인상이었다. 서글서글한 미소로 우리를 맞이하는 그의 동글동글한 얼굴은 하얗고 피부는 매끈했다. 키는 크지 않았으나 티셔츠 아래로 다부진 근육질 몸매가 감지되었다. 목소리는 나직하고 말수가 적은 대신

잔잔한 미소를 머금고 있었다. 이런 사람이 이토록 거대한 배를 몰고 다니는 선장이라니. 실례를 무릅쓰고 실토하자면, 그는 이웃집 아저씨나 친구처럼 친근하다기보다는 동네 아우처럼 귀여웠다.

하지만 선박은 바다 위를 떠다니는 작은 공화국. 선장은 그곳의 왕. 해양대를 졸업한 후 항해사로 십여 년, 선장 경력 십 년이 넘는 그의 저토록 푸근한 인상은, 오대양을 항해하며 맞닥뜨려야 했을 숱한 고난과 숨 가쁜 결단, 누구와도 나눌 수 없는 고독과 수심이 버무려져 악취가 날 때까지 삭고 삭아 숙성된 것이라는 걸 곧 알게 되었다. 며칠이 지나서 마련된 술자리에서 그의 첫인상에 대해 이야기하자 그가 예의 선하고 수줍은 미소를 지으며 말했다.

"이 표정 만드는 데 한참 걸렸습니다."

선장은 우리를 선장실 바로 위층에 있는 브리지로 안내했다. 거주 구역의 제일 꼭대기 층이다. 선박을 조종하는 타륜(steering wheel)이 있어 조타실(wheelhouse)이라고도 부르지만 요즘은 사령실이란 의미로 브리지(bridge, 선교)라고 한다.

브리지 전면이 창으로 되어 있어서 시야가 탁 트였다. 수평선에서부터 갑판의 상태까지 모두 한눈에 들어왔다. 거주 구역과 브리지가 선미 쪽에 있는 이유는, 태풍이나 파도의 공격으로부터 안정성이 비교적 높기 때문이라고 한다. 브리지는 선박의 사령탑인 동시에 심장부인 것이다. 최첨단 기능을 갖춘 항해 장비 통합시스템과 운항 제어시스템 등이 그곳에 설치되어 있었다. 우리 같은 문외한의 눈에는 도무지 정체를 알 수 없는 것들이었다. 그럼에도 이토록 거대한 배를 움직이는 기기치고는 너무 단순해 보였다.

"이게 다 자동화 덕분입니다."

선박 곳곳에 설치되어 있는 센서가 실시간으로 상황 정보를 보내고 이를 컴퓨터가 자동으로 해석해 최적의 항해 상태를 유지해준다는 것이다. 열 명도 채 안 되는 승무원으로 운항이 가능한 것도 첨단 기기 덕분이라고 한다.

브리지 양옆에는 허공을 향해 날개처럼 뻗어 있는 윙브리지가 있다. 화재 등의 비상 사고가 발생할 경우 선원들이 대피하는 곳이다.

"여기에도 브리지와 마찬가지로 선박을 통제할 수 있는 장치가 설치되어 있어서, 만일의 사태에도 선박을 운항하는 데 지장이 없습니다."

우리는 그것보다 브리지 구석에 놓여 있는 의자에 더 눈길이 갔다. 쉽게 앉을 수 없을 만큼 높았는데, 마치 임금님 의자처럼 한눈에 봐도 권위가 묻어나는 예사롭지 않은 의자였다. 선장이 앉는 의자였다. 다른 사람은 함부로 앉지 못한다고 항사가 넌지시 일러주었다. 오직 한 사람, 캡틴만을 위한 의자라니. 우리가 선장에게 한번 앉아보라고 짓궂게 종용하자, 선장은 진저리를 치며 도망갔다. 그는 지금까지 그 의자에 앉은 적이 한 번도 없다고 했다. 그 말을 듣고 다시 보니, 좀 전에는 임금님 의자 같던 것이 어쩐지 형틀처럼 부담스럽게 보였다. 저기 올라가 앉으면 수천 개의 컨테이너가 어깨를 짓누르는 악몽을 꿀 것만 같았다. 그러니까 선장의 의자는 실용적인 의미의 의자가 아닌 상징이었다. 선장, 당신의 책임이 얼마나 막중한지 한시도 잊으면 안 되오.

우리 방은 선장실 아래층인 E데크에 있었다. 제일 끝은 여자 작가들 방이었고, 반대편 끝이 P의 방이었다. 작가들이라는 족속은 혼자만의 공간을 절실히 원하는 사람들인지라, 이층 침대 두 개가 놓인 기숙사 같은 방을 보고 조금 실망했다. 처음에는 거주 공간이 좁아서 그런 줄로 이해했었다. 감히 불평할 처지도 아니었다. 그런데 나중에 알고 보니 혹시 여자들이 배에서 지내는 걸 무서워할까 봐 배려한 것이었다. "아, 이런 배려는 사양하겠습니다." 그러나 그런 말을 할 기회는 없었다. 대신 1인실을 개인 창작실로 내주었다. 우리는 마치 호텔처럼 정오에 체크인해서 다음 날 정오에 체크아웃하는 식으로 돌아가면서 1인실을 사용했다.

개인 창작실에 앉아 있노라면, 온갖 감회가 교차했다. 마치 유체 이탈이라도 한 것처럼 지나온 나의 생이 들여다보였다. 참으로 여러 곳을 떠돌며 살았다. 내가 거쳐온 집들과 방들을 떠올리면 가슴 한쪽이 아릿했다. 마치 내가 벗어놓은 허물인 양 애틋했다. 이제 그 방에는 어떤 이가 살고 있을지, 어떻게 달라졌을지, 사라져버린 건 아닌지……

이제 배에 방이 생겼다. 바다를 떠다니는 방이다.

배가 항구에 고요히 정박하고 있을 때가 승무원들에게는

제일 바쁜 시간이다. 가장 중요한 일은 물론 컨테이너의 선적과 하역 작업이다. 그 외에도 시간 안에 바쁘게 처리해야 할 일들이 많다. 주유도 해야 하고 항해 기간 동안 필요한 것들을 뭍에서 구해야 한다. 신선한 과일과 요리 재료도 빼놓을 수 없다.

포춘호는 6만 톤급의 6천6백 TEU 규모의 배다. 6천6백 TEU란 컨테이너 6천6백 개를 실을 수 있다는 의미다. 고속도로 같은 데서 컨테이너를 뒤에 매달고 달리는 트럭 같은 걸 본 적이 있을 것이다. 그것이 바로 공장에서 부두로 또는 부두에서 물류창고로 가는 컨테이너다. 그것을 무려 6천6백 개를 싣는다는 말이다. 갑판의 넓이는 축구장 두 개 정도를 붙여놓은 정도라고 한다. 배의 제일 앞머리에서 제일 뒤까지의 길이는 270미터나 된다.

만물상자 같은 컨테이너들 중에는 특별히 주의를 요하는 컨테이너들도 있다. 이를테면 위험물 같은 것들. 위험물에는 뭐가 있을까. 총기나 폭약류? 설마 그런 것도 있을까? 있을지도 모르겠다. 무기 수출도 결국 배를 통하지 않을까. 대마나 마약류는 버젓이 신고하지는 못할 테니, 밀수를 하겠지. 완벽 밀

봉된 컨테이너를 보고 있노라면 상상력이 뭉게뭉게 피어오르다가도 이내 상상력의 빈곤을 절감하게 된다. 냉동 컨테이너를 관리하는 것은 자주 보았다. 냉동고 기능의 컨테이너에는 냉동식품이 들어 있는데, 외부에 온도계가 부착되어 있어 긴 항해 중에도 상하지 않도록 선원들이 지속적으로 관리한다.

특수 컨테이너와 일반 컨테이너는 적재하는 위치가 서로 다르며, 멀리 가는 컨테이너는 아래로, 빨리 내릴 것은 위에 선적하게 된다. 6천 개가 넘는 컨테이너들을 하역 순서에 따라서 싣는 것은 너무나 복잡한 일이어서 컴퓨터 프로그래밍에 의해 제어된다. 가장 중요하고 까다로운 일이어서 1등 항해사가 책임지고 관리한다. 물론 최종 책임자는 선장이다.

출항 시간이 또다시 늦춰졌다. 한국에서 홍콩으로 출발하기 전날에도 이런 연락이 왔었다. 배가 대만 기륭항에 접안을 못하고 있어서 홍콩 도착이 늦어질지 모른다는 것이었다. 약속 시간에 맞춰 항구에 도착하더라도 먼저 접안하고 있던 배가 피치 못할 사정 때문에 출항을 하지 못하면, 그래서 항구에 빈자리가 없으면 부두에 접안하지 못한다. 그러면 도미노처럼 다음 항구 입항 시간이 늦어지므로 다시 약속을 잡거나, 속도를 조절해서 약속 시간에 맞춘다.

처음 홍콩 출항 시간은 3월 11일 정오였다. 그런데 3월 10일, 우리가 홍콩에 도착하자 열두시 출항이 오후 여섯시로 연기되었다는 연락이 왔었다. 그런데 다시 밤 아홉시로 연기된 것이다. 긴박감이 느껴진다.

오후 여섯시가 지났는데도 화물 선적 작업은 계속되고 있었다.

부두에 가면 길게 목을 빼고 있는, 기린처럼 보이는가 하면 트로이의 목마처럼 보이기도 하는 형상의 장치들이 도대체 뭔가 했었다. 이제 알았다. 컨테이너를 배에 옮겨 싣는 크레인이었다. 갠트리 크레인이라고 부른다. 가까이서 보니 그 높이가 까마득했다. 부두의 컨테이너를 갑판과 같은 높이까지 수직으로 끌어올린 다음 수평으로 이동시켜서 갑판의 정확한 위치를 찾아 적재하는 것이 임무였다. 크레인 위에는 투명유리로 된 큐브가 있는데 거기에 운전기사들이 한 명씩 들어가 앉아서 조종했다. 주시해야 하는 곳이 아래쪽이므로 앉아 있는 발 아래도 투명한 유리 바닥이었다. 보기만 해도 미주알이 쫄밋

거렸다. 신경줄이 튼튼해야 할 수 있는 일 같았다. 갠트리 크레인 여러 대가 숨 가쁘게 화물을 선적하고 있었다.

지구에는 해류와 기류만 흐르고 있는 게 아니었다. 컨테이너도 흐르고 있었다. 장난감과 자전거와 화장품과 텔레비전과 냉장고와 신발과 통조림과 얼린 생선과 고기와 파인애플, 망고, 바나나와 술, 과자, 스타킹과 팬티와 가방과 변기와 세면대와 오븐과 식탁과 침대도 흐르고 있었던 것이다. 아시아로, 유럽으로, 아프리카와 아메리카로, 호주와 뉴질랜드로, 오대양의 바다와 육대주의 해협 골목골목을 훑으면서.

출항

드디어 아홉시.

브리지에 올라가니, 온갖 첨단 기기들의 불빛만 명료하다. 키 앞에는 갑판원이 서 있고, 계기판 앞에는 3등 항해사가, 선장과 파일럿은 왼쪽 윙브리지에 나가 있다. 선장은 물론이고 항해사도 모두 정복 차림이다. 어둠 속에서 초긴장 상태로 미동도 하지 않고 서 있는 그들의 실루엣이 흡사 영화 속 한 장면 같다. 이루 말할 수 없이 숙연해 보인다. 항구는 밤이 깊어도 잠들지 않는다. 밤 깊으니 부두의 불빛은 더욱 화려해진다. 이 밤중에, 복잡한 항구를 벗어나야 한다.

출항하기 위해 부두에서 배가 떨어지는 이 순간이 가장 긴박하고 긴장된 순간이다. 큰 사고가 일어나는 것도 이때라고 한다. 사소한 실수도 대형 사고로 이어진다. 그래서 출항 때는 현지 파일럿(도선사)이 선장을 대신한다. 그는 현지 부두 사정이나 항해 규정을 가장 잘 아는 사람으로 출항 바로 전에 승선해서 항구를 벗어날 때까지 총지휘를 하고는 홀연히 사라진다. 그러나 법적으로는 선장의 조력자일 뿐이다. 최후 결정권이나 책임은 선장에게 있다.

프로펠러의 추진력으로 움직이는 대형 선박은 기본적으로 좌우로 이동하는 것이 불가능하다. 혼자 힘으로는 항구에 접안하고 이안하는 것이 불가능하다는 의미다. 이것을 도와주는 배가 예인선(tug boat)이다. 예인선은 선박을 밀거나 끌어당기면서 선박을 이동시킨다. 고목나무의 매미, 딱 그것이다. 비교도 할 수 없이 작은 예인선이 거대한 선박을 끌고 있는 걸 보면, 엄청난 파워에 입이 딱 벌어진다. 그토록 위풍당당하던 배가 한순간에 제압당하고 고분고분하게 순종한다.

우리는 방해가 되지 않도록 오른쪽 윙브리지에서 숨을 죽이고 있었다. 왼쪽 윙브리지는 포트(port), 오른쪽 윙브리지는 스타보드(starboard)라고 부른다. 배들이 보통 좌현을 부두에 붙이기 때문에 포트, 그 반대편은 별자리를 관측하면서 항해하던 시절 그들이 달려가야 할 하늘의 별이 떠 있었으므로 스타보드라고 부르기 시작한 것이 그대로 이름이 되었다고 한다.

"올 스테이션 올 스탠바이(All station all standby)."

선장의 명령이 떨어졌다. 항해사가 선장의 명령을 그대로 복창하고 '서(sir)'를 붙인다. 그것은 배 전체에 방송되고, 갑판원들과 기관원들이 빠짐없이 제 위치에 대기한다. 선수 갑판에는 1등 항해사와 갑판장 그리고 승무원이, 선미 갑판에는 2등 항해사와 승무원이, 기관실에는 기관장과 기관사가 대기한다. 입출항 때는 조리장과 조리사도 선미 갑판의 줄잡이 업무를 돕는다. 모든 승무원이 총출동하는 것이다.

데드 슬로 어헤드(dead slow ahead), 데드 슬로 어스턴(dead slow astern)을 반복한다. 천천히 앞으로 갔다가, 천천히 뒤로 빼기를 반복하는 것이다. 일렬 주차하고 있던 자동차를 빼는

것과 크게 다르지 않다. 다만 배의 크기가 상상을 초월하는데,
배에는 브레이크가 없다. 배를 멈추기 위해서는 전진 방향으
로 돌아가는 엔진을 후진 방향으로 회전시켜서 스피드를 줄인
다. 때문에 '데드 슬로'로 움직여야 한다.

　천천히 움직이되, 대충 적당히가 아니다. 죽을 만큼, 곧 숨
이 끊어져 죽을 만큼 천천히 움직여야 한다. '데드 슬로'의 의

미가 이것이다. 일렬 정박된 배를 빼내는 것이 죽을 만큼 어려운 까닭이다. 윙브리지의 난간을 노려보노라면 부두와 평행을 이루고 있던 난간의 각도가 미세하게 벌어지는 걸 볼 수 있다. 손톱만큼씩 배가 움직인다. 시계에서 시침 움직이는 걸보기 어려운 것과 비슷하다. 숨 막혀 죽을 만큼 조금씩, 부두에서 멀어진다.

항해의 첫발을 뗀다.

거대한 것은 태생적으로 슬픈 것이던가. 달려가야 할 먼바다를 향해 고개를 돌리는데 이토록 거대한 것이 꿈틀, 움직이는 것이 몹시도 슬픈 감정을 불러일으킨다. 등 가득 슬픔 덩어리를 짊어지고 떠나야 하는 숙명을 묵묵히 받아들이는 낙타, 구부리고 있던 앞다리를 세우며 천천히 일어서는 낙타가 오버랩된다.

어둠 속 사나이들의 뒷모습이 고독해 보인다. 누구도 대신할 수 없는 책임을 홀로 짊어진다는 것은 고독한 일이다. 선장은 줄담배다.

부두를 무사히 벗어난 배는 크고 작은 배가 어지럽게 오가는 항만을 조심스럽게 빠져나간다. 초긴장 상태에서 자신의 임무를 마친 파일럿은 몸 가볍게 배를 떠난다. 브리지를 내려가 갑판에 걸려 있는 갱웨이를 걸어 내려가는 모습이 아찔하다. 육지에 있던 우리를 갑판으로 올라가게 해주었던 갱웨이가 아직 갑판에 걸린 채였다. 이제 갱웨이는 시퍼렇게 출렁이는 바다와 갑판을 연결해주고 있다. 갱웨이는 허공에 떠 있고,

배는 달리는데 파일럿은 그 계단을 밟고 내려가는 것이다. 갈매기처럼 하얗고 작은 배가 우리 배로 접근한다. PILOT 글씨가 선명하다. 계단 끝에 서 있던 파일럿이 자신을 태우러 온 배로 훌쩍 뛰어내린다. 이 또한 가슴 뭉클한 장면이었다. 이러다가 배에서 내릴 즈음에는 가슴이 시퍼렇게 멍들지도 모르겠다.

항만을 완전히 빠져나오기까지 브리지는 긴장을 늦추지 못한다. 파일럿이 내린 후에는 선장이 포트와 스타보드를 오가며 망원경으로 바깥을 확인하고 홍콩 항만과 교신을 계속하며 배의 각도를 잡아준다. 윙브리지에서 내려다보니, 검은 바다를 배경으로 갱웨이를 걸어 올리고 가드 바를 설치하는 갑판원의 작업 모습이 조명등 아래 선명하다.

화려한 홍콩의 야경이 따라온다. 부두의 숨 가쁘던 불빛에 비하면 홍콩 시내의 야경은 창공의 뭇별처럼 아스라하다. 전날 밤, 빅토리아 피크 트램을 타고 올라가면서 내려다보던 밤바다를 이제 바다 한가운데에서 바라본다. 바다에서 보는 항구는 뭍에서 바라보던 항구와 달리 각별한 감정을 불러일으킨다. 이 풍경이 가슴에 사무치는 건, 거기에 나로부터 빠져 나온 무언가가 있기 때문일까? 그곳에 뭔가를 두고 떠나는 듯 애틋하다.

홍콩만을 빠져나오기까지 두 시간여가 걸렸다. 내내 우리를 따라붙던 홍콩의 야경이 사라지고 고래처럼 시커멓고 거대한 산이 가로막는다. 이어서 작은 섬들이 새끼 고래들처럼 줄지어 헤엄치다가 영화의 클라이맥스 시퀀스가 끝나듯 페이드 아웃되며 어두워진다.

선실로 돌아가 침대에 앉았다. 정박 중에는 눈길도 주지 않았던 생수병이 내 눈길을 사로잡았다. 생수병이 미세하게 찰랑거리고 있었다. 이곳이 달리는 배 위라는 걸 알려주는 유일한 신호였다. 인간은 개미 한 마리가 걷는 소리도 듣지 못하고 지구가 공자전하는 굉음도 들을 수 없는 제한적인 감각의 존재. 내 몸은 바다를 달리는 배 위에 있다는 걸 조금도 감지하지 못했다. 나는 생수병을 무슨 계기판이나 되는 것처럼 쳐다보았다.

밤은 깊고 항해는 시작되었다. 이십여 일의 일정 중 고작 하루가 저물고 있을 뿐인데, 벌써 서운했다. 아끼고 싶은 것일수록 빠르게 손가락 사이로 빠져나간다.

침대에 누워 눈을 감아도 두 남자의 실루엣이 잔영으로 어른거린다. 캄캄한 브리지에서 밤바다를 응시하고 있을 두 남자의 이미지는 세상에서 가장 고독한 이미지로 각인될 것 같았다.

꿈

새벽에 잠이 깼다. 어둠 속에서 눈을 떴을 때, 마치 무거운
이불에 짓눌린 듯 낯선 감각에 눌려 꼼짝할 수 없었다. 나는
가만히 누워서 잠결에 미처 따라오지 못한 현실감각이 돌아오
기를 기다렸다. 아, 나는 배를 타고 있지. 내가 누워 있는 곳이
선실이라는 걸 떠올리는 것과 동시에 내비게이션이 반짝 켜지
듯 머릿속에서 나의 위치가 점처럼 표시되었다. 파란 도화지
위에 깨알보다 작은 점 하나가 찍혔다. 이어서 공포스러운 이
미지가 뒤따랐다. 그러니까 내가 잠을 깬 건 무서운 꿈 때문이
었다. 함께 배를 탄 동료 작가들이 꿈에 나왔다. 우리는 버드

나무 가지가 주렴처럼 척척 늘어진 강가에 앉아서 놀고 있었다. 봄날처럼 달뜬 분위기였다. 웃음소리가 공기에 파문을 일으키며 퍼져나갔다. 갑자기 J가 벌떡 일어서더니 우리를 쳐다보며 말했다. '나, 너무 행복해.' 그러고는 강물로 퐁당 뛰어들었다. 너무나 가볍게. 그걸 보고 깜짝 놀란 L이, '어머, J야' 하며 따라 뛰어내렸다. 나는 두 친구를 구하려고 강물로 뛰어들었다. 뭘 생각하고 말고 할 것도 없이 즉각적인 행동이었다. 마치 실로 묶어놓은 것처럼 줄줄이 강으로 뛰어든 것이다. 우리의 우정이 이토록 돈독하다는 걸 암시하는 걸까. 우리가 한배에 탄 운명이란 걸 암시하는 걸까. 우리가 어떻게 다시 뭍으로 올라왔는지, 내가 그들을 구해준 건지 디테일한 내용은 사라진 채, 우리는 모두 무사했다. 꿈이니까. 꿈을 꾸면서도, 다행이라고 생각했던 것 같다. 꿈이어서 다행이다.

내가 꿈 이야기를 하자, J도 비슷한 꿈을 꾸었다고 했다.

인생을 통틀어 잊지 못할 날이었으니, 그런 꿈을 꾸지 않은 게 더 이상한 일인지 몰랐다.

L은 꿈도 없이 잘 잔 자신이 미련스럽게 느껴진다며 자책했다.

태양을 지키는 사나이

브리지로 올라갔다. 아직 어둡다. 1등 항해사와 중국동포 갑판수가 어둠을 지키고 있다. 1항사는 매일 새벽 네시부터 오전 여덟시까지, 오후 네시부터 저녁 여덟시까지 당직을 선다.

"그러면 매일 해가 뜨고 지는 걸 지켜보는 거네요?"

태양을 보는 게 직업이라고 할까? 직업적으로 일출과 일몰을 볼 수밖에 없다는 게 더 정확한 설명이겠으나, 내게는 그 둘이 다른 것 같지 않았다. 승선 첫날 새벽, 나는 바다의 일출을 보겠다고 잠도 설치고 브리지로 올라간 참이었다.

그는 당연한 걸 물어본다는 듯이, 그러나 어딘지 뿌듯한 표정으로 웃었다. 입술 사이로 덧니가 살짝 보였다. 경상도 억양이 묻어나는 말소리가 나긋나긋하다. 덧니가 살짝 드러나면 커다란 덩치가 귀엽게 느껴진다. 키도 크고 체격도 듬직한 그는 서른 살 중반이며, 결혼을 앞두고 있다. 배를 타는 사람들이 가장 힘들어하는 게 결혼 문제라고 한다. 인연이다 싶은 아가씨를 만나도 그것을 지속적으로 이어나가는 게 쉽지 않기 때문이다. 애인으로부터 고소를 당한 이도 있다고 한다. 배를 타는 동안 피차 연락이 뜸해졌고 그러다가 마음이 바뀌어서 그만 만나자고 했더니, 혼인빙자간음으로 고소를 당했다는 거였다. 그 일로 수백만 원의 위자료를 물었단다. 누구의 잘잘못을 가리기 전에, 애초에 뭔가 잘못됐다는 생각이 든다. 휴가를 반년에 한 번씩 받는다니, 이래서야 어떻게 연애를 하나. 인권침해적 요소가 다분한 노동조건 아닌가. 이래서야 어떤 청년들이 바다로 진출하겠는가. 태양을 지키는 사나이는 행운의 사나이가 틀림없었다.

포춘호에는 선장과 기관장을 제외하면 스물두 명의 승무원이 타고 있다. 항해를 책임지는 항해 파트와 엔진과 기계를 담당하는 기관 파트로 나뉜다. 항해사와 기관사는 1, 2, 3등으로 급이 나뉘고, 하루 24시간을 3으로 나눠서 각각 여덟 시간씩 운항을 책임진다. 세 구역으로 나뉜 시간 중, 새벽 네시부터 아침 여덟시, 그리고 오후 네시부터 저녁 여덟시까지가 가장 난이도가 높은 시간이다. 1등 항해사와 1등 기관사가 이 시간대의 책임자다. 다음으로 난이도가 높은 정오부터 오후 네시, 그리고 자정부터 새벽 네시까지는 2등 항해사가, 아침 여덟시부터 정오까지, 저녁 여덟시부터 자정까지는 3등 항해사가 당직을 선다. 이것은 국제해양법상의 약속이다. 그래서 배들은 서로 멀찌감치 비껴가더라도 그 배의 당직사관이 누구인지 알 수 있다.

두런거리고 있는 사이, 바다가 황금빛으로 빛나기 시작했다. 태양이 솟아오르기도 전에 바다가 먼저 뜨거워졌다. 온 바다가 반사판이었다. 태양은 가위로 오린 듯 또렷했다. 수평선을 달구며 불쑥 솟아오른 태양은 예상보다 빠르게 떠올랐다. 그것이 곧 지구의 자전 속도일 테다. 지구가 이렇게 빠르게 돌고 있구나. 나는 그 속도를 눈으로 보고 있었다. 먼바다로 나오니 어렵고 복잡한 이론을 몰라도 직관적으로 알 것 같다. 그리고 나를 중심으로 수평선이 원을 그리고 있는 걸 보고 있노라면, 지구地球보다는 수구水球라고 부르고 싶어진다. 거대한 물방울인 것만 같다. 이것이 쏟아지지 않고 엄청난 응집력으로 모여 있다니. 지구가 둥글고 원심력과 구심력의 작용으로 자전과 공전을 하며 중력의 비밀이 과학적으로 밝혀졌다고 하나, 그럼에도 신비롭다. 절로 경외감이 든다. 내가 감탄하는 걸 가만히 지켜보던 1항사가 선글라스를 꺼내 쓰면서 말했다.

"그런데 말입니다. 태양도 멋지지만, 사실은 달이 사람을 더 뭉클하게 하는 것 같습니다. 적도 부근에는 바람이 불지 않는 무풍지대가 있거든요. 무풍지대에 이르면 수면에 잔물결이 하나도 없어서 태양이 두 개가 되기도 하고, 달이 두 개가 되기도 하는데, 거기에서 보는 달이 정말 뭉클합니다."

일출의 감동이 채 사라지지도 않았는데, 나는 어느새 적도 부근의 무풍지대란 곳을 간절히 그리워하고 있었다. 무풍지대라니, 그곳은 또 얼마나 고요할 것인가. 진공상태 같은 그곳에 달이 뜨는데, 그것이 어째서 두 개로 보인다는 것일까. 포춘이 무풍지대를 지나게 되냐고 물었다. 아니라는 말에 나는 크게 실망했다. 동시에 걷잡을 수 없이 부러운 눈길로 1항사를 바라보았다.

달은 알지도 못하고 암시랑토 않겠지만, 나는 달을 사랑한다. 은은하게 부서지는 빛과 늘 변하지만 언제나 제자리로 돌아오는 무한함. 손톱 같은 초사흘 달은 새초롬함으로, 마늘쪽 같은 반달은 알싸한 그리움으로, 온전히 품고 싶은 보름달은 푸근함으로, 그믐달은 먹먹함으로. 거기에 구름 한 자락 흘러가면 나는 그만 달에 홀려버린다. 대책 없이 사로잡히는 것이다. 썰물과 밀물처럼 내 마음은 달의 인력에 밀려갔다가 밀려오는 것이다.

　오늘, 우리는 중국 하이난섬 부근 남지나해를 지나고 있다.
　오후에는 선장이 배를 구경시켜주었다. 거주 타워를 내려가서 갑판으로 나갔다. 선수로 가는 길은 겨우 한 사람이 지날 수 있을 정도로 좁은 복도다. 한쪽은 컨테이너가 층층이 쌓여 있고 한쪽은 바다다. 머리 위에도 컨테이너다. 270미터의 좁다란 회랑을 지나자 선수 갑판이다.
　시야가 확 트인다. 그리고 고요하다. 거주 구역에서는 엔진의 미세한 떨림이 어디에서나 감지되었다. 창문을 열면 엔진 소음이 밀어닥쳤다. 그런데 선수로 나오자 아무 소리도 들

리지 않는다. 엔진실로부터 그 정도로 멀다는 의미다. 그래도
이토록 적막할 수 있을까. 한동안 익숙해지지 않아서 가만히
서 있었더니, 차르르 차르르, 배가 물을 가르는 소리가 은은
하게 들려온다.

선수의 널따란 갑판 위에는 쇳덩어리로 만든 고리가 감겨
있었는데, 굵기가 직경 30센티미터는 족히 되어 보이는 쇠줄
로 만든 고리였다. 그것이 닻줄이었다. 항구에 정박할 때 내
리는 닻줄이 거기에 감겨 있었다. 뒤를 돌아보니 브리지의 전
면 유리창이 보였다. 우리를 내려다보고 있던 항사가 손을 흔
들었다.

다시 좁고 긴 회랑을 한참 걸어서 선미로 갔다. 선미는 격렬
했다. 맹렬하게 돌아가는 스크루 프로펠러 때문에 귀가 얼얼
했다. 배는 프로펠러의 추진력으로 앞으로 나아가고, 프로펠
러 뒤에 달려 있는 러더(rudder, 타)의 움직임으로 방향을 바
꾼다. 물고기의 꼬리지느러미 같은 역할을 하는 것이 바로 러
더다. 프로펠러에서 보글보글 솟구치는 물거품이 우리가 지나
는 궤적을 하얗게 그리고 있었다.

구명정도 타보았다. 구명정은 갑판의 난간 너머로 곧장 떨

어질 수 있도록 약간 높은 허공에 매달려 있어서 예닐곱 개의 계단을 올라가야 했다. 열 명 정도가 앉을 수 있는 구명정은 캡슐 같았다. 바닥을 여니 비상시에 마실 수 있는 물과 식량이 들어 있었다. 설마 이걸 타는 일은 없겠지 하면서도 눈여겨보게 되었다.

구명정이 걸려 있는 계단 앞 바닥에는 비상시에 정렬하게 되는 선원들의 직위가 동그라미 안에 적혀 있었다. 캡틴은 제일 뒤였다. 비상시에 선장은 제일 마지막으로 구명정을 탄다는 의미다. 진짜 비상시에는 선장은 배와 운명을 함께한단다. 진짜 비상시라는 건 어떤 상황을 말하는 걸까? 그럴 경우에 선장은 빠져나올 수 있어도 배와 함께 수장된다는 의미일까?

저녁 식사 후에는 윙브리지에서 일몰을 보고 방으로 돌아가 딸에게 편지를 썼다. 배를 타면 연락이 되지 않을 거란 말을 딸은 이해하지 못했다. 핸드폰도 안 된다고? 메일은? 요즘 세상에 그런 데가 어디 있느냐며 마치 버림받기라도 한 듯 새초롬한 눈초리로 쳐다보았다. 연락도 되지 않는, 그 먼바다를 왜 가느냐. 비상시에는 어떡하나. 배가 뒤집어지기라도 하면

어쩔 거냐. 회오리 태풍이 치면 괜찮은가. 암초에 부딪힐 염려
는 없는가. 배에 잠잘 곳은 있는가. 없는 걱정도 만들어서 하
는 걱정쟁이 딸을 안심시키느라고 한참을 애먹었다. 태풍 따
위에는 끄떡도 하지 않을 정도로 배가 크고 편의시설이 잘되
어 있어서, 바다에 아파트 하나가 떠다닌다고 생각하면 된다
고 허풍을 떨었다. 그런데 배에 타고 보니 메일이 가능하다는
게 아닌가. 본사에서 사전 교육을 받을 때는 분명히 안 된다고
들었는데. 막상 메일이 된다고 하니 마음이 약해졌다. 편지를
쓰고 잠시 쳐다보다가, 임시저장 버튼을 눌렀다.

일기를 쓰고 책을 좀 보다가 새벽 한시가 넘어서 잠이 들었
는데 어김없이 새벽 여섯시에 눈이 떠졌다. 커튼을 열어보니
어둡다. 어제 이 무렵에는 벌써 해가 떠서 대낮처럼 훤했던 것
같은데, 시간 감각에 혼동이 오는 건가. 비몽사몽 그런 생각을
하며 다시 혼곤한 잠으로 빠져들었다. 아침에 정신을 차리고
나서야 우리가 해가 떠오르는 동쪽으로부터 도망치듯 멀어지
고 있다는 걸 깨달았다.

아직은 남지나해. 사이공으로부터 80마일쯤 떨어진 지점이
라고 1항사가 가르쳐준다. 스콜 지역이라 구름이 잔뜩 끼어

있다. 수평선 위로 구름들이 기기묘묘하다. 먹구름 잔뜩 낀 곳은 비가 내리고 있다고 한다. 해는 구름에 가려 있다. 찬란하게 떠오르는 태양을 볼 수는 없으나 태양 빛이 번진 구름들이 더 기막힌 장관을 연출한다. 태양에서 일직선 위로는 샛별이 박명의 하늘에서 유난히 반짝인다.

내일 이맘때면, 싱가포르 스트레이트로 들어서고, 저녁에는 싱가포르항에 입항할 거라고 한다.

풍경에 대하여

    거대한 원의 중심에 내가 있다. 원을 그리고 있는 건 수평선이다. 지구가 둥글다는 걸 내 눈으로 보고 있다. 지구가 평평하다고, 바다의 끝 수평선 너머에는 깊은 심연이 도사리고 있다고 믿던 시절, 그 공포를 극복하고 바다로 나아가는 건 대단한 용기가 필요했을 테다. 결국 진리는 용감한 자들의 것.

    바다와 하늘, 결코 만날 수 없는 것들이 만나 수평선을 그리고 있다. 거대한 원의 중심에 포춘이 있다. 그리고 내가 있다.

    사방 어디를 둘러봐도 바다와 하늘, 구름, 그리고 배.

    장엄하다.

단순한 풍경이 나를 침묵하게 만든다.

남지나해 부근에 이르자 물빛이 달라진다.

바다색은 한 번도 같은 적이 없었다. 시시각각 변했다. 바다
색은 빛의 산란이나 거기 녹아 있는 영양소, 플랑크톤 등 여러
변수에 따라, 그리고 수심에 따라 달라진다. 해와 달이 뜨고
질 때도, 하늘과 바다의 경계가 모호하리만치 푸르거나 흐릴
때도, 구름이 끼거나 비가 내릴 때도 달랐다. 은하수가 흐를
때는 또 어떤가. 세상의 모든 빛과 색이 거기에 녹아 있었다.

뱃전에서 내려다보는 남지나해의 빛깔은 짙은 남색이다. 불
투명하고 검푸른 천을 덮어놓은 듯 음울한 빛이다. 그러나 이
말은 옳지 않다. 나는 그저 짙은 남색의 순간을 보았을 뿐이다.

짙푸른 바다는 빛의 양과 각도에 따라 살짝 검은빛을 띠는
가 하면 자줏빛이 어리기도 했다.

스크루 프로펠러는 잠시도 쉬지 않고 자신의 궤적을 그리
고, 하얗게 부서지는 포말은 부챗살을 펼치듯 색깔의 프리즘
을 만들어 보인다. 한없이 투명에 가까운 블루, 하늘색, 코발
트블루, 사파이어블루…… 남지나해 바닷물을 원심분리기에

돌리고 있다. 빛과 색의 향연이다.

단순하다는 말을 수정한다. 바다는, 하늘은, 그리고 수평선은 결코 단순하지 않다. 박명과 미명에 보는 바다에서는 미끈거리는 질감이 느껴진다. 젤 상태 같다. 만지면 물컹, 푸딩처럼 한 숟가락 떠질 것 같다. 차갑고 매끄러운 뱀 같다. 거대한 구렁이가 고개를 쳐들 것 같다.

해가 떠오를 때 바다는 천상의 색을 모두 머금고 있다. 드넓은 바다 어느 한 곳 빛깔이 일정하지 않다. 동쪽 수평선이 붉은 기운을 머금기 시작하면 반대편의 서쪽 하늘이 태양의 기운을 받아 오히려 더욱 찬란해진다. 먹구름 위의 흰구름이 발그레 얼굴을 붉힌다. 그럴 때 바다는 하얗다. 창백해진다. 핏기 없는 여인의 얼굴 같다. 아, 어휘가 부족하다. 이것을 어떻게 표현할 수 있을까. 끙끙거리며 아둔한 머리를 굴려보지만 나의 언어는 지상을 벗어나본 적이 없었다.

진정, 언어 이전에 세상이 있었구나.

어제 해가 질 때는 구름 아래로 붉은, 마치 용광로 속처럼 뜨겁게 붉은, 활활 타오르는 태양을 구름이 알을 까듯 물큰 낳아놓았다.

단순한 것들이 만들어내는 풍경이 이토록 깊고 뜨겁다.

언젠가부터 그런 것이 좋아지기 시작했다. 이름난 명산보다는 동네 뒷산을 매일 오르며 조금씩 변하는 모습을 보는 것이 좋았다. 산색 역시 한순간도 같지 않았다. 조금씩 낯빛을 달리하는 풍경을 오래 바라보았다. 가만히 있는 것들이 조금씩 변하는 모습이 보기 좋았다. 존재 자체만으로 이미 충만한 것들은, 대개 잔잔한 것들이었다.

그리고 이제 여기, 대양 한가운데에서 바다를 바라본다.

매일 아침 눈을 뜨면 배는 여일하게 가고 또 가고, 그리고 또 간다. 나는 보고 또 보고, 그리고 또 본다. 아무리 봐도 지겹지 않고 지루하지 않은 건, 늘 다르기 때문이다. 한순간도 같은 적이 없다.

외롭거나 힘들 때, 사람들은 바다를 찾는다. 어쩌면 우리의 기원이 그곳에 있기 때문은 아닐까. 힘들면 엄마가 생각나

듯 바다를 찾는 게 아닐까. 그러나 막상 바다를 앞에 두면 오래 견디는 게 쉽지 않다. 하루, 이틀, 사흘, 날이 갈수록 자꾸만 마음이 가라앉고 자신이 왜소해지는 것 같고 슬그머니 두려워지기 시작한다. 침묵 때문이다. 바다는 거대한 침묵 덩어리 그 자체다. 투정을 부리고 어리광도 부리면서 위로받고 싶어서 찾아간 엄마가 말 한마디 하지 않고 묵묵하다면, 어떨지 상상해보시라.

자연의 침묵은 가혹하다. 거대한 침묵, 그것은 신들의 세계다. 침묵은 신들의 언어다. 인간이 바벨탑을 쌓기 전, 우리는 침묵과 보다 가까웠다. 별을 보고 길을 찾던 시대의 인간들은 신들의 언어를 이해했다. 상징이 살아 있었다.

인디언의 어느 부족은 밤마다 제사를 드렸다고 한다. 태양이 떠오르게 해달라는 간절한 기원이다. 그 부족들은 그날의 태양이 떠오르는 것이 그들의 제사 덕이라고 믿었다. 이런 이야기는 오늘날 우스개 축에도 끼지 못할 것이다. 하지만 나는, 어쩌면 오늘 태양이 떠오르는 게 그 인디언 부족들의 제사 덕일지도 모른다고 생각하고 싶어진다.

문명의 발달과 더불어 인간은 신으로부터 멀어졌다. 세상은 소음으로 가득 찼다. 소음은 소통되지 않는다. 일방통행이다. 더 이상 우리는 별을 보고 항해하지 않는다. 그렇게 우리들은 신의 언어로부터 멀어졌다. 상징이니 제의니 하는 것들은 신비의 베일을 벗은 지 오래다. 그리하여 우리는 더 이상거대한 침묵을 이해할 수도, 견딜 수도 없게 되었다. 그럼에도, 아니 그래서 더욱, 우리는 바다를 그리워하는 것인지 모른다. DNA 저 깊은 곳에 흔적기관처럼 남아 있는 기억이 우리를 자극하는 것이다.

자연의 침묵은 인간을 행복하게 한다. 왜냐하면 자연의 침묵은 말 이전에 있었고, 모든 것이 발생한 저 위대한 침묵을예감하게 해주기 때문이다. 그러나 동시에 자연의 침묵은 가혹하다. 왜냐하면 자연의 침묵은 인간을, 인간이 아직 말을가지지 않았던, 인간이 아직 인간이 아니었던 저 태고의 상태에다 도로 가져다놓기 때문이다. 그것은 말을 인간으로부터 빼앗아 도로 저 태고의 침묵 속으로 가져갈지도 모른다는 위협과 같다.

— 막스 피카르트, 『침묵의 세계』

열나흗날 달을 보러 브리지에 올라갔다. 3항사가 오른쪽 윙 브리지를 가리킨다. 누가 이미 그쪽에 와 있다는 의미다. 윙브 리지에 대해 잠깐 설명하고 넘어가자. 윙브리지는 말 그대로 날개 같은 곳이다. 브리지 양쪽으로는 문이 있는데 그곳을 통 하면 윙브리지로 나갈 수 있다. 브리지의 높이는 거주타워 공 간의 높이에 배의 높이까지 더해져, 아파트로 치면 15, 16층 높이쯤 된다. 그 높이에 발코니처럼 불쑥 튀어나온 공간이 있 는 것이다. 마치 수영장의 다이빙대처럼 바다를 향해 길게 뻗 어 있다. 그곳에서 내려다보면 곧장 바다다. 아찔하고도 황홀 한 공간이다.

윙브리지에는 쇠막대로 보호용 난간이 빙 둘러가며 설치되 어 있다. 배가 진행하는 앞쪽만 철판으로 막혀 있어, 철판에 등을 기대고 앉으면 맞은편은 시야가 탁 트인다. 마치 달리는 트럭 짐칸에 타고 뒤를 바라보는 것과 비슷하다. 거기 있으면 앞에서 불어오는 거센 바람을 막을 수 있어 아늑하고, 바다 위 를 날아가는 기분이다. 우리는 툭하면 그곳에 나가서 바닥에 주저앉아 있었다.

문을 열고 나가니 P가 앉아 있다. 잠시 후 J와 L도 나타났다. 이상하게도 거기에 있으면 우리는 말이 없어졌다. 간격도 적당히 벌려서 앉는다. 저절로 그렇게 되었다. 각자의 침묵과 명상과 고독을 존중하는 것이다. 내가 그것을 간절히 원하는 만큼 상대도 그걸 원한다는 걸 알기 때문이었다.

우리는 철판에 기대앉아 달을 우러르고 있었다. 3항사가 드륵, 문을 열고 나온다. 빙그레 웃고 있다. 그의 눈에는 우리가 정말 이상하게 보일 것이다. 늑대 무리도 아닌 사람들이 넋을 놓고 달을 우러르고 있으니 말이다. 그가 우리에게 건넨 건 망원경이었다. 돌아가면서 망원경으로 달을 보았다.

오, 달이 손에 잡힐 듯 가깝다. 뜨겁다.

그러나 망원경 같은 건 필요 없다. 우리는 금방 심드렁해져서는 망원경을 내려놓고, 그 자리에 누워버렸다.

나는 MP3의 이어폰을 귀에 꽂았다. 「네이처 보이(Nature Boy)」가 흐른다. 영화 「물랭루즈」의 배경에 흘렀던, 데이빗 보위 버전의 곡이다. 어떤 때는 아무것도 듣지 않는 것이 좋다. 자연 그 자체가 음악이니까. 그러다가 음악이 듣고 싶으면 마치 영화감독이 배경음악을 고르듯 곡을 선정하고 집중적으로 듣는다. 오랜 세월이 흘러 먼 훗날, 문득 그 음악을 들으면 잊고 있던 풍경이, 함께했던 사람이 오롯이 기억의 수면 위로 떠오른다. 「네이처 보이」는 이번 항해의 주제곡으로 고른 것이다.

This story is about love, the woman I loved is (……) dead

There was a boy, a very strange enchanted boy
They say he wandered very far, very far over land and sea
A little shy and sad of eye, but very wise was he

And then one day, one magic day he passed my way
While we spoke of many things, fools and kings
This he said to me (……)
The greatest thing you'll ever learn is just to love and be
loved in return

이것은 사랑에 대한 이야기, 내가 사랑했던 여자, 그러나
죽어버린

한 소년이 있었어, 아주 독특하고 매혹적인 소년이었어
사람들은 소년이 산 넘고 바다 건너 아주 멀리까지 방황
했다고 했어
약간 수줍고 슬픈 눈을 한 소년은, 그러나 매우 현명했어

그러던 어느 날, 소년과 내가 마주친 어느 마법 같던 날
우리는 많은 이야기를 했어, 바보들 그리고 왕들에 대해서
그리고 소년이 내게 말했어
당신은 알게 될 거예요, 세상에서 가장 위대한 일은 사랑
하고 사랑받는 것이라고

싱가포르항

이상한 일이 벌어졌다. 갑판 난간에 허수아비가 걸리고, 허벅다리만큼이나 굵은 호스가 여기저기 설치되고 거기에서 물이 콸콸 쏟아져 나와 갑판을 흥건히 적시며 바다로 흘러내린다.

우리는 싱가포르 해협을 향해 달리는 중이다. 인도네시아와 말레이시아의 섬들이 점점이 흩어져 있는 곳, 해적 출몰 지역이다.

해적이라니, 중세에나 나올 법한 이야기가 아닌가. 내가 아는 해적이라고는 사랑스럽고 유머러스한 「캐리비안의 해적」

의 잭 스패로우나 『피터 팬』의 후크 선장밖에 없는데, 뜻밖에도 해적이 대형 선박들의 골칫거리라고 한다. GPS상에 자꾸만 따라붙으려는 배가 있으면 수상한 것이다. 달리는 배에 어떻게 올라온다는 거지? 이들은 좁은 해협에서 속도를 내지 못하는 배에 바짝 붙어 갈고리를 던져 밧줄을 걸고 올라온다고 한다. 그래서 들판도 아닌 바다에 허수아비를 세워두고, 물대포를 쏘아 배의 측벽을 미끄럽게 만드는 것이다.

물론 그들은 무기를 갖고 있다. 자동소총이나 로켓포 같은, 말만 들어도 무시무시한 중화기로 무장하고 있다. 미국 배들의 경우에는 무기를 소지하고 대응하지만 우리나라 국적의 배는 무기를 소지하는 게 불법이라고 한다. 선박은 자국 영토법을 따르기 때문이다. 그래서 할 수 있는 게 허수아비에 물대포가 고작이다.

항만 이용료나 배에서 필요한 물품 구입비, 선원들의 임금을 현금으로 지급하던 시절에는 선장실 금고에 보유하고 있는 상당량의 현금이 해적들의 타깃이었다. 전자결제 시스템이 도입되고부터는 컨테이너의 물품이 타깃이 되었는데, 때로는 선원들을 인질로 삼아 돈을 뜯어내는 경우도 적지 않다.

이 과정에서 사람들이 다치거나 목숨을 잃는 심각한 상황으로 발전하기도 한다.

우리에게 널리 알려진 '여명작전'도, 대한민국 해군 청해부대가 소말리아 부근에서 해적에게 피랍된 우리나라 선박과 선원들을 구출하기 위한 작전이었다. 소말리아는 삼십여 년간 이어진 내전 때문에 국가가 파산 지경에 이르렀고, 빈곤과 기아에 시달리던 소말리아인들은 급기야 해적이 되기에 이른 것이다. 소말리아가 대형 선박들이 몰려드는 수에즈 운하와 홍해의 길목인 아덴만 인접국이기 때문이다.

선장은 저녁 식사도 거른 채 당직을 서고 있다.

오후 여섯시경 싱가포르 해협으로 접어든다. 배가 셀 수도 없이 많다. 멀리 보이는 것이 싱가포르의 빌딩 불빛인 줄 알았는데 다시 보니 모두 배였다. 시추선까지 와서 앵커를 놓고 있다. 10차선 고속도로를 달리다가 갑자기 2차선 국도로 접어든 느낌이다.

하늘이 흐리니 바다에 별이 뜨는 것 같다. 해가 지고 선박의 불빛이 바다를 도시의 야경처럼 수놓기 시작한다. 입항을

기다리는 배들은 공연히 바다를 한 바퀴씩 돌기도 한다. 오른쪽은 말레이반도, 그리고 왼쪽은 수많은 섬들. 바지선 두 개를 예인선이 끌고 가고 있다. 앞에서는 바지선이 어슬렁거리고 양 측면에서는 조그만 배들이 수없이 알짱거린다. 선장은 신경이 곤두선다. 경적을 울리고 헤드라이트를 번쩍거리며 VHS로 교신을 시도한다. 배가 얼마나 많은지 러시아워에 병목현상을 보는 듯하다. 해전이라도 벌어질 것처럼 긴박하다.

오늘 밤 싱가포르에 입항하면 출항은 다음 날 오후 세시다.

다음 날, H상선의 싱가포르 주재원이 우리에게 시내 관광을 시켜주겠노라며 데리러 왔다. 싱가포르가 작은 나라라서 그런가. 차를 타고 돌아다니는데 내내 항구의 풍경이 우리를 따라다닌다. 우리는 시내의 풍경보다는 멀리 보이는 우리 배와 고개를 길게 늘이고 있는 갠트리 크레인을 발견하면 더욱 반가워하고 환호했다.

얼마나 많은 손님들이 그를 괴롭힌 걸까. 차에 타자마자 그는 마치 녹음기의 재생 버튼을 누르기라도 한 것처럼 싱가포르에 대한 설명을 쉬지 않고 늘어놓았다. 싱가포르의 상징이자 명물 머라이언(Merlion)의 높이가 8미터이고 그것을 만들기 위해서 시멘트가 40톤이 들었으며, 싱가포르에서 가장 오래되고 숙박비가 가장 비싼 호텔에는 조셉 콘래드, 찰리 채플린, 마이클 잭슨, 폴 매카트니 같은 이가 묵었다고 한다. 싱가포르 최남단 포인트를 찾아간 건 핑크 돌고래를 보기 위해서였지만 관람 시간이 끝나 보지 못했다. 그런 식의 대접에 익숙하지 않은 우리들은 짧은 시간 동안 최선을 다해 하나라도 더 보여주려는 그의 열과 성에 몸 둘 바를 몰랐다. 마지막에 싱가포르 강변에서 맥주 한잔을 마시는 시간이 되어서야 그는 자신의 이야기를 털어놓았다. 해외 지사 근무를 오래 하다 보니 가족들이 뿔뿔이 흩어져서 살게 되었다며, 어떻게 사는 게 잘 사는 것인지 물었다. 마치 우리가 그 해답을 알고 있기라도 한 것처럼. 이 항해가 끝나고 나면 우리도 삶에 대한 해답 하나쯤 건지게 될까?

배로 돌아가는 길에 그가 부탁했다. 자기가 이곳에 와서 남십자자성을 아직 못 보았는데, 혹시 바다에 나가서 남십자자성을 보게 되거든 그 느낌을 꼭 메일로 보내달라는 거였다. 그런데 우리들도 공덕이 모자랐는지, 남십자자성을 보지 못했다. 그래서 그에게 메일을 보낼 기회는 없었다. 그게 아니어도 감사의 메일이라도 보낼 수 있었을 텐데, 뒤늦게 그 약속을 떠올리고 마음이 불편하다. 아니, 그가 원한 게 반드시 남십자성이었을까? 이런 생각은 왜 이리 뒤늦게야 떠오르는 걸까. 그는 이제 가족들과 함께 살고 있을까.

배로 돌아가니 집에 돌아온 기분이다.

우리가 없는 동안 포춘은 12일 정도 사용하게 될 기름을 급유했다. 하루에 210톤 정도를 쓴다고 하니, 2천5백 톤이 조금 넘는다. 이걸 주유하는 데만 네 시간이 걸렸단다. 남아 있는 기름과 합쳐서 인도양과 지중해, 대서양을 달린 후 네덜란드의 로테르담에서 급유하고, 다시 프랑스의 르 아브르항에서 급유할 예정이라고 한다.

파일럿이 올라왔는데, 출항 시간이 한 시간 늦춰졌다. 제일 아래 칸에 선적한 냉동 컨테이너의 온도 제어 시스템에 문제가 생겨서 다시 내려야 한단다. 위의 것들을 다 퍼내고 다시 실어야 한다는 말이다. 파일럿은 배에서 내렸다가 그 일이 끝난 후에 다시 올라왔다. 홍콩항에서는 잔뜩 주눅이 들어서 붙박이장처럼 서 있던 우리는, 그새 조금 익숙해졌답시고 윙브리지에서 왔다 갔다 하며 갠트리 크레인이 선적하는 걸 구경하고 사진도 찍었다. 저들이 누구냐고, 파일럿이 선장에게 물었나 보다. 선장이 과장을 좀 보태서, 한국에서 아주 유명한 작가들이라고 대답하자, 파일럿이 눈을 반짝이면서 관심을 보이더라나. 나중에 알고 보니 그게 다 한류 드라마 때문이었다.

싱가포르 항만을 벗어나고 파일럿이 배에서 내렸다. 그동안 게양되어 있던 싱가포르 국기를 걷어 내렸다. 하얗고 빨간 깃발도 내렸는데, 그것은 파일럿 승선 표시라고 한다. 선박에서는 이렇게 깃발로 상호 의사소통을 한다.

포춘은 다시 먼바다를 향해 천천히 선수를 돌린다. 이제 로테르담까지는 쉬지 않고 달리게 된다. 무려 보름 동안.

싱가포르 해협을 빠져나와 말라카 해협으로 접어들었다. 다음 날 오후면 인도양이다. 말레이시아와 인도네시아 사이에 있는 말라카 해협은 인도양으로 가는 최단 거리이기 때문에 모든 배들이 그곳을 지난다. 스쳐 지나는 배들이 가깝게 보인다. 손 흔들어 인사하면 받아줄 것 같다. 야호, 소리치면 들릴 것 같다. 수심은 고작 2, 30미터라고 한다. 수심 천 4, 5백 미터를 넘나들던 남지나해의 빛깔은 진한 군청색이었다. 배에는 선원들의 건강관리를 위한 체력단련실이 있는데 그곳에는 헬스 기구 몇 가지와 탁구대가 있다. 남지나해를 지날 때 바다에 나가보면 그 빛깔이 탁구대 색깔과 똑같았다. 간혹 탁구를 치다가 어이없게도 탁구대가 바다로 혼동되기도 했다. 그런데 수심이 얕아지자 물빛은 옥빛으로 바뀐다.

탁구대 말이 나온 김에 우리가 탁구 치는 얘기를 해보면, 이렇다.

여자 작가들의 탁구 실력은 실력이랄 수도 없는 수준이었다. 자기 앞으로 오는 공을 라켓에 맞추기만 해도 기뻐하는 수준이다. 그 공이 어디로 가건 그런 건 상관없다. 상관없는 게 아니고 상관할 수 있는 실력이 안 된다. 탁구를 좋아하지도 잘 치지도 못하지만 우리는 탁구를 쳐야 했다. 배 안에서 우리가 할 수 있는 운동이라고는 갑판을 왔다 갔다 하는 게 전부였으니, 절대적으로 운동 부족이었다. 처음에는 아침, 점심, 저녁을 꼬박꼬박 먹다가, 아침은 거르기로 했다. 그리고 탁구를 치기로 했다. P는 그나마 우리보다는 잘 쳤기 때문에 저절로 코치가 되었다.

그런데 차근차근 실력을 쌓아가기 전에, 우리는 삐딱한 탁구의 매력에 빠져버렸다. 자기 앞으로 온 공을 맞추기만 하면 네트를 넘어간 공이 아웃이 되건 말건 상관없이 기뻐서 환호성을 올리고, 다시 자기 앞으로 공이 오면 그게 아웃되는 공인지 보지도 않고 무조건 라켓으로 쳐서 넘긴다. 룰을 완전히 무시해버린 것이다. 그런데 그게 그렇게 우스웠다. 높이 날아와 아웃되는 공을 마치 배드민턴을 치듯이 넘기지를 않나, 바닥에 떨어져서 튕겨 오르는 공을 그대로 살려서 넘기지를 않나, 누가 보면 이게 뭘 하는 건가 싶을 테지만 우리는 그게 너무 재미있었다. 탁구를 한 시간 치면 깔깔거리고 웃는 게 절반이었고, 떨어진 공 주우러 다니는 시간이 더 많았다. 운동량이 적지 않았다.

우리는 어차피 탁구를 잘 치려고 하는 게 아니었으므로 그것으로 만족했다. P도 손을 들어버렸다. 마음대로 치자. 그래서 마음대로 룰을 만들었다. 탁구공은 네트를 넘기기만 하면 된다. 그렇게 '죽은 공 살려내기 신공'부터, 바닥에서 통통 구

르는 공을 다시 살려내는 '아직 끝나지 않았어 탁구', 그리고
벽을 맞고 튕겨 나온 공을 쳐서 넘기는 '스리쿠션 탁구', 그
렇게 온갖 기기묘묘한 탁구를 치다가 나중에는 공 두 개로 치
기도 했다.

캡틴, 우리들의 캡틴

커피를 마시러 브리지에 올라가니 선장이 안색을 살피듯
묻는다.

"괜찮습니까?"

"무슨 문제가 있나요?"

내가 되려 물어보자 선장이 하하 웃는다.

"멀미에 강한 체질이네요."

P는 멀미를 호소해서 약을 먹고 방으로 돌아갔다고 했다. J
와 L이 졸음이 온다고 누워 있는 것도 그것 때문이었나? 나는
별다른 느낌이 없었다.

"체질에 따라서 다릅니다. 유독 멀미에 약한 사람들이 있어요. 우리 기관장님이 그런 사람이에요. 20년 넘게 배를 탔는데도 멀미가 나면 꼼짝 못합니다."

직업적으로 배를 타야 하는 사람이 그렇다니, 무슨 천형처럼 들린다. 얼마나 힘들고 괴로울 것인가. 지금쯤 하얗게 질려서 누워 있으려나.

"선장들 중에도 그런 사람이 있어요."

기상이 좋지 않다고 한다. 파도가 거세게 치는 건 아니고, 바다 전체에 일렁이는 너울이 있다고 한다.

"이럴 때는 침대에서 대각선으로 자면 좋습니다. 옛날에 범선들은 해먹을 침대로 사용했는데, 해먹에서 자면 파도가 쳐도 멀미를 안 해서 좋다더라고요."

선수를 보고 있으면 앞부리가 슬쩍 들렸다가 내려가는 것이 보인다. 수평선이 오르락내리락한다. 롤링과 피칭이 동시에 일어난다. 롤링은 배가 좌우로 흔들리는 걸 말하고, 피칭은 앞뒤로 흔들리는 걸 말한다. 배는 자체 복원력이 있어서 파도에 흔들리더라도 제 위치를 회복하는데, 그 최대치가 17~18도라고 한다. 화물이 한쪽으로 쏠리거나 악천후 시 복원력에 문제가 생기면 배가 뒤집힐 수도 있다. 오전에 약 7~8도가량의 롤링이 있었단다.

"배 타면서 무시무시한 태풍 같은 걸 만난 적도 있죠?"

"수도 없죠. 그중에서도 태풍 윌리윌리를 만났을 때가 잊히지 않아요. 2항사 때였는데, 호주에서 파푸아뉴기니, 말레이시아, 수에즈 운하, 프랑스, 독일, 영국, 타히티를 돌아오는 항로였어요. 그런데 뉴칼레도니아 입항 전날 딱 윌리윌리를 만난 거예요. 해상에서 우리가 보는 기상청 정보는 미국 것과 일본 것이 있는데 우리 배는 일본 것을 믿고 방향을 잡았어요. 그런데 그만 태풍의 중심에 들어간 거예요. 풍속이 110노트였으니 엄청난 태풍이었죠. 배가 포트 쪽으로 50도 정도 기울었어요. 여느 때 같으면 그대로 침몰이에요. 그때 삼각파도가 밀어줘서 배가 다시 선 거예요. 그게 아니었으면 그때 수장됐을 겁니다."

이제는 배에서 보낸 시간이 뭍에서 지낸 시간보다 더 많다고 해도 좋을 그는 바다에서 일어날 수 있는 모든 경우의 수를 다 당해보았을 것이다.

선장은 경북 달성군 출신이다. 지금에야 길이 좋아졌다지만 그가 태어나던 시절에는 이루 말할 수 없이 궁벽진 산골이었다. 가난하기도 이루 말할 수 없이 가난했다고 한다.

"그 시절에는 다들 가난했지요."

라고 응수하니 그가 웃으며 말한다.

"흙 주워 먹고 살았다 아입니까."

그가 해양대에 간 것도 지긋지긋한 가난을 좀 벗어나고 싶어서였다. 산골 마을이지만 늘 우등생이었던 그의 꿈은 사관학교에 가는 것이었다. 그런데 해양대 선배들이 자기 학교 홍보를 하러 왔다.

"다른 건 모르겠고, 해양대 졸업하고 배 타면 돈 하나는 왕창 벌 수 있다는 말에 두 번 생각도 않고 지원했습니다."

학비 전액 무료에 숙식까지 해결되니 이보다 좋을 수는 없었다.

1985년, 해양대를 졸업하고 H상선에 입사한 후 집안을 일으켜 세웠다. 월급은 여느 회사보다 많았고 돈 쓸 시간은 없으니 그대로 저축이 되었다. 그러나 몇 년 후 결혼을 하고 아이들이 생기자 육 개월씩 떨어져서 사는 게 너무나 고통스러웠다. 몇 년 후 배를 내렸다. 음료수 대리점, 새시 수주 영

업, 농기계 회사 등에서 일을 했지만, 생각처럼 잘 풀리지 않았다. 그리고 바다가 그리웠다. 결국 5년 정도 외도 끝에 다시 배를 탔다.

과묵한 성격에 무얼 물어도 빙그레 웃기만 하던 그도 가족 이야기를 하면 표정부터 환해진다. 아내는 알뜰하게 가정을 꾸리면서 두 아들 교육에 매진하고 장남의 며느리로서 시집의 대소사도 잘 챙긴다. 그가 평정심을 잃지 않고 흐트러짐 없이 선원들을 챙길 수 있는 건 아내 덕이다. 한편으로는 그런 아내와 헤어지는 게 제일 고통스럽다고 한다.

"이제는 오래돼서 딱지가 앉을 때도 되지 않았나요?"

"그런데 아무리 해도 단련이 안 되는 게 이별이더라고요."

오후에 윙브리지에서 새를 보았다. 하얀 새 네 마리가 선미에서 우리 배를 따라오고 있었다. 잠시 후에는 우리들 머리 위를 날았다. 다리가 길고 날씬하게 잘 빠진데다 눈부시게 하얀 것이 꼭 학처럼 생긴 새였다. 항사에게 물어보니 갈매기라고 했다. 학처럼 생긴 갈매기라니…… 우리는 외국 갈매기라서 그런가 보다며 웃었다. 새들은 조금 더 날아가 갑판에 내려앉았다. 섬에서 꽤 멀어졌는데, 이 갈매기들이 뭍으로 돌아갈 수 있을지 걱정이 됐다.

가만히 있던 P가 말했다.

"이 새들은 우리 네 명의 영혼이야."

"그럼 우리가 죽었다는 거야?"

우리는 일제히 P에게 핀잔을 주었지만, 그 말이 싫지는 않았다.

저녁을 먹고 갑판을 산책하다가 갈매기 네 마리를 또 보았다. 컨테이너 끝에 나란히 앉아서 배가 나아가는 방향을 바라보고 있는 게 바람을 쐬고 있는 것처럼 보였다. 우리가 가까이 다가가도 꼼짝도 하지 않더니 잠시 후 한 마리씩 날아올라 컨테이너 위로 사라졌다.

순백의 갈매기는 P 말대로 누군가의 영혼처럼 보였다. 아마 우리처럼 바다와 배를 좋아하는 영혼인 것 같았다.

해 지고 달 뜨다

일몰을 보겠다고 일곱시가 다 되어서 브리지에 올라갔다. 우리는 태양으로부터 도망이라도 치듯 계속 서진하고 있으므로, 해 지는 시각이 조금씩 늦어지고 있었다.

오후부터 날씨가 안정을 찾아가고 있었지만, 수평선에 엷은 구름이 끼어 있어 해 지는 광경을 제대로 볼 수 없을 것 같았다. 그런데 그게 아니었다. 엷은 구름 뒤로 노을이 번지기 시작했다. 수평선에서 태양이 풀어지면서 구름이 핏빛으로 물드는가 싶더니, 그 위로 먹빛 구름이 붓질을 하듯이 번져 나와 입체미를 더한다. 살짝 실망하려는 내게 이건 어때? 하는

식이다. 그래, 주연 혼자 빛나기는 어려운 법이지. 조연이 있어야 주연도 빛나는 것이다. 한 점 구름 없이 해 지는 풍경은 정말 밋밋하다.

그리고 문득 뒤를 돌아보는데, 거기 붉게 충혈된 눈이 나를 보고 있었다. 붉은 달이었다. 핏빛으로 붉은 달을, 나는 처음 보았다. 자궁을 막 빠져나온 핏덩이 같았다. 고이 품으면 새로운 생명 하나 부화시킬 수 있을 것만 같았다. 뭍에서 보던 것과 전혀 다른 달이었다. 어쩌면 난바다에만 뜨고 지는 달이 또 하나 있는지도 모를 일이었다. 태양이 바다로 떨어져 심해 어딘가를 돌아 다시 붉게 떠오른 건지, 누가 알겠는가.

달이 조금씩 하늘로 떠오르자 붉은 기를 씻어내고 샛노래지더니 바다에 길이 열린다. 가느다랗던 길이 달이 승천하면서 조금씩 넓어진다. 은실 금실을 엮어 수를 놓은 듯하다. 온 바다가 달빛으로 가득하다. 검은 천에 은사로 수를 놓은 듯, 어둡고 적막하던 바다가 은빛으로 넘실거린다. 한 생애가 시작되는 듯하다. 삶이 길을 만들 듯 달도 바다에 자신의 궤적을 새기고 있다.

어둠은 깊고 달빛은 눈부셨다. 내 앞으로 깔린 은빛 양탄자는 달나라로의 초대장. 그리로 걸어가면 다른 나라로 들어갈 수 있을 것 같았다.

어느새 우리 네 명은 다시 모여 있었고, 숨죽인 채 난간에 기대앉아 하염없이 달을 바라보고 있었다. 배는 앞으로 가고 우리는 뒤에서 따라오는 달을 우러러보고 있었다. 마치 달을 경배하는 수도사들처럼.

그 느낌을 그대로 간직한 채 우리는 하나둘 일어나 자기 방으로 돌아갔다. 행여 접시에 담긴 물이 출렁일까 두려워 숨도 크게 쉬지 못하는 아이처럼 조용히 걸었다. 마치 뭔가에 홀린 그림자들 같았다.

한 번이면 족하다

　새벽에 브리지에 올라갔다. 깊은 어둠에 잠긴 브리지는 언제나 뭉클한 감동을 준다. 모두 잠든 시각, 배는 묵묵히 가고 그곳에 어둠을 지키는 이들이 있는 것이다.

　캄캄한 브리지에 각종 계기판들만 야광으로 빛나고 있다. GPS(위성항법시스템), AIS(선박자동식별장치), 자이로스코프(각도기) 정도는 간신히 이해하겠다. 조타실 구석에 갖춰져 있는 유무선 송수신 장치도 그럭저럭 알 것 같다. 선박의 핸들 역할을 하는 키도 이해하겠다. 아니, 사실은 자동차 핸들보다 작은 키로 공룡보다 커다란 배의 방향을 조종한다는 게 솔직히 조금 충격적이다. 넓은 책상에는 언제나 항해도가 펼쳐져 있고 커다란 삼각자와 각도기, 컴퍼스가 놓여 있다.

첨단기기 하나 없던 시절 배는 나침반과 망원경에 의지해서 해도를 보며 항해했을 것이다. 이제는 첨단의 기기가 배의 운항을 좌우하고, 효율이 최고의 가치가 되었다. 컨테이너선이 점점 커지는 것도 그 때문이다. 한번에 더 많은 화물을 운송해야 남는 것도 많다. 조금이라도 더 빨리 움직여야 더 많이 남는다. 항구에 머무는 시간은 최소한으로, 선원 수도 최소한으로, 속도는 최고치로. 모든 것이 돈으로 환산된다. 항구에 정박하면 할 일이 없는 선원들은 그곳에 내려 하루 정도 관광을 하던 시절도 있었다고 한다. 하지만 이제 그런 여유는 바다에서도 찾기 힘들어졌다.

1항사가 나를 돌아보며 말한다.

"방금 전에 달이 졌는데……"

해 지는 모습보다 달이 지는 모습이 더욱 뭉클하다고 말했던 사나이다.

또 한발 늦었다.

"역시 장관이었겠죠?"

보름이 지났으니 달은 오십 분씩 늦게 질 것이므로 새벽에 그 모습을 보는 건 힘들 것이다. 우리는 아무리 애를 써도 번번이 놓치고 만다.

며칠 전에는 2항사가 돌고래 떼를 봤다고 해서, 우리를 애타게 했다. 다시 돌고래 떼가 나타나면 전화로 좀 알려달라고 했지만, 그날 이후 아무런 소식이 없었다.

같이 있어도 못 보는 사람도 있었다. 우리 넷은 나란히 앉아 달을 보고 있었는데, 뭔가 획 지나갔다.

"방금 뭐지?"

"그래, 뭔가 지나갔지?"

"유성 아니야?"

"유성? 유성이구나."

"유성을 볼 때 소원을 빌면 이루어진다고 하던데. 소원을 빌 새도 없이 사라졌네."

가만히 듣고 있던 J가 볼멘소리로 투덜거렸다.

"유성이라고? 난 아무것도 못 봤는데? 내 눈에만 안 보이는 거야?"

우리는 나지막이 큭큭, 웃었다.

당신은 이미 눈치챘을 것이다. 우리가 배에서 무엇을 하고
있는지.

"갑갑하지 않겠어? 심심해서 어떡해?"

20일 동안 배를 탈 것이라고 말했을 때 지인들의 반응이었
다. 물론 우리는 심심할 것을 염려하지는 않았지만, 시간이 많
을 것이므로 배에서 작업할 것과 읽을 책을 단단히 준비했다.
일단 배에 타면 지루하다고 해서 내릴 수도 없으니 말이다. 그
러나 그건 오산이었다.

우리는 그날그날의 기록과 약간의 독서도 간신히 해내고 있
었다. 그럴 수밖에 없는 것이, 책을 읽고 있으면서도 이 시간
에 차라리 뱃전에 나가 있어야 하는 거 아닌가? 브리지에 올
라가봐야 하는 게 아닐까? 혹시 지금 돌고래가 지나가고 있으
면 어떡하지? 곧 해가 질 시간인데…… 달이 뜨지는 않았을
까? 별은? 오늘 밤에는 은하수가 보이지 않을까? 비 내리는
풍경을 놓칠 수는 없잖아. 일출을 보려고 아침잠을 설치는 건
다반사였다. 해 뜨면 해 뜬다고, 달 뜨면 달 뜬다고, 브리지에
올라가 허구한 날 바다만 보고 하늘만 보는 것이다. 이것만으

로도 너무나 바쁘다고 한다면 믿어질는지.

어제의 해는 오늘의 해가 아니고 어제의 달은 오늘의 달이 아니며 어제의 밤하늘은 오늘의 밤하늘이 아니다. 이 모든 순간들은 이 생에 단 한 번뿐인 순간이다.

그래서 브리지에 올라갈 때마다 조금 민망했다. 승무원들이 모두 자기 일을 열심히 하고 있을 때, 우리는 일도 하지 않으면서 밥은 꼬박꼬박 챙겨 먹고 선원들 일하는 거 구경이나 하고, 달 타령 별 타령이나 하고 있으니, 그 대비가 너무 선명하지 않은가. 천하에 한량들 같으니, 이런 자책감이 들었다.

그러자 항해사가 말했다. 배에서는 견시가 중요하다고.

"견시? 그게 뭔가요?"

"말 그대로 바라보는 겁니다. 아무리 최첨단의 계기로 무장했더라도 눈으로 바다를 살펴야 합니다. 우리 눈이 허술한 것 같아도 기계가 감지하지 못하는 게 있고, 그걸 잡아내는 게 사람의 눈이거든요."

그래서 칠흑 같은 밤바다도 두 눈 부릅뜨고 지켜봐야 한다는 거였다.

인도양

2항사가 커다란 책상에 엎드려 해도를 그리고 있다. 두꺼운 켄트지에 인쇄된 해도는 대형 캔버스 정도의 크기다. 브리지 안은 너무 조용해서 삑삑, 기계음만 들린다. 잠시 후, 펄럭펄럭하는 소리가 적막을 깬다. 돌아보니, 항사가 아래 깔려 있던 새 해도를 빼내서 위로 올려놓는다. 오른쪽에서부터 그려나가던 궤적이 왼쪽 모서리에서 끝이 나고, 해도가 바뀐 것이다. 조금 전 말라카 해협을 빠져나왔다고 한다. 이제 책상 가득 펼쳐진 해도의 제일 오른쪽 끄트머리가 포춘호의 위치다. 그곳에서 인도 대륙과 스리랑카 부근까지 가면 해도는 또 바뛸 것이다. 이런 식으로 포춘호가 움직인 궤적은 일일이 종이 지도에 기록되어 따로 보관한다.

나는 새삼스런 눈길로 해도를 바라보았다. 선박의 위치를 해도에 그리기 위해 항해사가 사용하는 것은 커다란 삼각자와 컴퍼스 그리고 연필이다. 옆에는 지우개가 놓여 있다. GPS와 레이더, 자이로스코프 등의 첨단기기로 무장해도 손으로 기록한 해도 역시 필요한 것이다. 익숙한 아날로그의 공간이 반갑다.

내비게이션이 없던 시절에는 나도 종이 지도를 보면서 운전을 했었다. 그 시절에는 고속도로 휴게소에서 두툼한 도로 안내 책자를 팔았다. 서울에서 부산까지, 목포, 여수, 포항, 강릉을 잇는 고속도로와 철도, 지방도로와 간선도로까지 거미줄처럼 촘촘한 도로망을 한눈에 볼 수도 있었고, 지역별 구획별로 확대해놓은 것들도 페이지를 달리하며 실려 있었다. 놀라워라. 나는 동서를 잇는 지방도로는 짝수이고 남북을 잇는 도로는 홀수라는 것을 알고 있었다. 서울을 출발해서 지방의 군 단위로 접어드는 여행길에서도 내 머릿속에는 전체 여정의 개념도가 들어 있었다.

그러나 내비게이션은 현재 나의 위치, 그리고 가야 할 길만 보여줄 뿐이다. 현재 위치라고 해도 그곳이 어디인지 알 길이 없다. 깜빡이는 지시대로 따라가기만 할 뿐 그곳이 동쪽인지 서쪽인지 방향감각도 없다. 머리를 푹 숙이고 발부리만 보면서 다니는 기분이다.

스마트폰이 없던 시절, 해외여행 준비의 시작은 대형서점에 가서 목적지의 지도를 사거나 여행 책자를 사는 것이었다. 종이 지도를 보면 대략의 개괄이 그려지므로, 나는 이국의 하늘과 가로수와 상점과 사람들의 모습을 바라보면서 걸어 다녔다. 그렇게 한눈을 팔다가 엉뚱한 길로 접어들면 그건 그것대로 좋았다. 여행 책자도 모르고 지나친 나만의 무언가를 발견할 때도 있었으니까. 길을 잃었다 싶으면 사람들에게 물어보았다. 때로는 지도를 들고 두리번거리는 내게 그들이 먼저 다가와 친절을 베풀기도 했다. 그런 과정에서 나는 그곳 사람들과 이야기를 나누게 되었고, 어떤 때는 맥주를 나눠 마시기도 했다. 그러나 스마트폰 맵을 보고 다니게 된 후로는 실수 하나 없이 길을 잘 찾았다. 낯선 이와 말을 섞을 필요도 없었다. 돌아와서 생각해보면, 군더더기 없이 목적한 바를 이루었으나 현지인들의 체취는 느껴지지 않았다. 진짜 여행다운 여행은 길을 잃어버렸을 때 시작되는 것 같다. 우리의 소중한 감각이 퇴화하는지도 모른 채 퇴화하고 있는 중이다.

수심이 깊어짐에 따라 물빛이 조금 더 투명해졌다. 망망대해로 나왔으므로 사방을 둘러봐도 뭍은 보이지 않는다. 배도 많지 않다. GPS상으로 봐도 배는 눈에 띄게 줄어들었다.

오늘부터는 매일 한 시간 뒤로 후진한다. 경도를 따라 일직선으로 서진하기 때문이다. 적도 부근이다.

3월 16일 한 시간 후진
3월 17일 한 시간 후진
3월 18일 한 시간 후진
3월 19일 한 시간 후진
3월 20일 한 시간 후진
3월 21일 한 시간 후진
3월 22일 한 시간 후진

3월 23일 한 시간 후진

방에 돌아오니 선장이 사인한 시차조정표가 붙어 있다. 그걸 보고 시계를 한 시간 뒤로 맞추고 체력단련실에 갔는데 아무도 없다. 러닝머신에서 운동을 하고 있는데 네시 반에 저녁 식사 벨이 울린다. 그제야 내가 성급하게 시간 조정을 했음을 깨달았다. 식당에 가니 작가들은 아무도 오지 않았다. 선기 관장이 식사도 하지 않은 채 웃고 있다. 다 짐작하고 있다는 표정이다. 시간을 착각했다고 변명을 하자 기관장이 말한다.

"선장님이 작가들 찾아오라고 했습니다."

L은 창작실에 있다가 전화를 받고 내려왔고, J와 P는 갑판에서 사진을 찍다가 카메라를 든 채로 항사에게 불려 왔다.

"시차를 조정하는 시각은 매일 21시입니다."

기준시가 있을 거라는 걸 우리는 까맣게 모르고 있었다. 배에 부착되어 있는 모든 시계는 전기로 연결되어 있어서 브리지에서 조정한다.

식사 시간은 밥을 먹고 쉬는 시간이기도 하지만 모든 승무원들이 한자리에 모이는 시간이기도 하다. 무엇보다 이때 선

기관장은 선원들의 상태를 슬그머니 파악한다. 누가 아프지는 않은지, 갈등 상황은 없는지, 이런저런 농담을 주고받거나 세상 돌아가는 소식을 나누면서 체크하는 것이다. 누가 밥을 먹으러 오지 않는다? 그러면 곧바로 무슨 일이 있는 건 아닌지 알아봐야 한다.

항해 시작 전 서울 본사에서 안전교육을 받을 때 들은 이야기가 떠오른다.

승무원 중에 문학 지망생이 있었단다. 일과 시간이 끝나면 그는 읽고 쓰는 것으로 시간을 보냈다. 하긴 우리처럼 난생처음 대양을 체험하는 이들이나 하루가 쫓기듯이 짧고 바쁘지, 직업이 되어 바다가 일상이 되면 해가 뜨건 달이 지건 세끼 밥 먹는 것만큼이나 심드렁해지게 마련일 테다. 퇴근 후 친구들과 술 한잔을 할 수도 없고 애인과 데이트를 할 수도 없으니, 늘어지게 남는 건 시간뿐인 상태가 되는 것이다. 물론 배에는 선원들의 여가 시간을 위해 노래방 시설도 있고 영화를 보는 공간도 있으며 조촐하나마 도서실도 있다. 일주일에 한 번쯤 회식도 하고 한 달에 한 번 바비큐 파티도 한다.

달리는 배 위에서 바비큐 파티라니, 그것도 윙브리지에서…… 우리는 꼴깍, 군침을 삼키며 그날을 기다리고 있었다. 그러나 아무리 환상적인 것도 언젠가는 일상이 되는 날이 오고야 만다.

하여튼 작가 지망생에게는 이보다 좋은 환경이 없는 것이다. 말이 별로 없고 사색적인 그는 곧 세상을 놀라게 할 작품을 써낼 것 같았다. 남지나해를 지날 무렵이었다. 어느 날 그가 식당에 나타나지 않았다. 선장의 명령으로 즉시 그의 방으로 가서 방문을 열었다. 잠시 화장실이라도 간 것처럼 방에서는 별다른 기미를 느낄 수 없었다. 방금 전에도 원고를 쓰고 있었던 듯 책상에는 쓰다 만 원고지가 펼쳐진 채였다. 배 구석구석을 다 뒤졌지만 찾을 수 없었다. 운항을 멈춘 채 인접국의 해상경찰을 동원해서 바다를 뒤졌다. 뒤지다니, 그건 애초에 가능한 일이 아니었다. 그 넓은 바다에서 그의 흔적을 찾는다는 건 그야말로 하늘이 돕는다고 해도 어려운 일일 터였다. 그는 그렇게 사라져버렸다.

유쾌한 작가 지망생도 있었다. 그는 조리장이었는데, 박학다식한데다 달변가였다고 한다. 말 잘하는 것만큼이나 필력도 좋아서, 오랫동안 항해를 하며 보고 들은 이야기를 소설로 써냈다. 그중 한 편은, 젊은 선원이 남미의 항구에 정박 중일 때 현지 아가씨와 짧은 연애를 했는데 20여 년의 세월이 흐른 후 그 딸과 사랑에 빠지게 되고 기관장이 결혼식의 주례를 선다는 내용이었단다. 황당한 얘기들이 대부분이었지만, 선원들을 등장시킬 때는 이름자 중 한 글자를 바꿔 프라이버시를 존중할 줄도 알았다고 한다. 그러나 기관장은 자기 이름이 특이해서 한 글자를 바꿔도 모르는 사람이 없을 거라며 하하, 웃었다.

다음 날은 기관장의 안내로 기관실을 견학했다. 앞으로 보름 동안은 줄곧 운항만 하면 된다. 일과가 규칙적으로 안정되면서 기관장이 한숨 돌릴 수 있게 된 것이다. 기관실의 가장 중요한 설비는 물론 선박의 운항을 위한 엔진과 각종 전기 장치들을 위한 발전 시설이다. 그런 한편 승무원들의 생활 지원 시설도 빼놓을 수 없다. 물을 사용하기 위해서는 바닷물을 담수로 만드는 조수기가 필요하고, 바다를 오염시키지 않기 위한 폐수처리 시설도 필요하다. 이 모든 것이 기관실의 주요 업

무였다. 그제야 나는 마치 집에서 지내듯이 조금도 불편하지 않게, 아무 생각 없이 욕실에서 샤워를 하고 화장실을 사용하고 있었다는 걸 깨달았다.

갑판과는 완벽하게 다른 세계가 거기 있었다. 뭍에서의 지상과 지하 세계가 그럴까. 기관실은 나무로 치면 땅속 뿌리의 세상이었다. 바다에 떠 있는 거대한 공장, 그것이 기관실이었다.

중앙통제실 한쪽 벽면은 온통 스위치로 가득 채워져 있었다. 빨간색 파란색 초록색 불이 들어오는 알람등이 얼마나 많은지 셀 수도 없었다. 그게 다 뭘 하는 건지 물어볼 엄두도 나지 않았다. 기가 질렸다. 우리는 갑자기 낯선 세상으로 추락한 앨리스처럼 어리둥절한 표정으로 두리번거렸다. 기관장은 뭔가를 열심히 설명했다. 배의 파워는 마력 수로 나타낼 수 있는데 마력이란 말 한 마리가 끄는 힘이며, 면적 곱하기 힘이 마력 수라는 데까지가 내가 이해할 수 있는 한계였다. 뒤이어 각종 공식과 전문용어가 나오기 시작했다. 우리의 눈동자는 점점 초점을 잃었고 말문이 막혔다. 기를 쓰며 받아 적던 J도 펜을 입에 물었다.

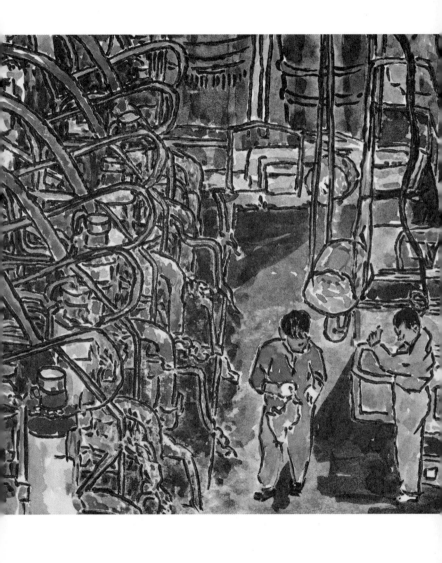

각종이라는 말 외에 달리 표현할 능력이 없는 수많은 컴퓨터 기기와 모니터들, 그 맞은편은 극장의 와이드 스크린같이 넓은 유리창이었고, 창을 통해서 기관실 내부가 내려다보였다. 그러니까 마침내 기관실이었다. 우리는 고작 통제실에 있을 뿐이었다. 가장 먼저 눈에 띄는 건 지하 세계를 가로지르는 파이프들이었다. 어마어마하다는 표현이 무기력했다. 더 어마어마한 수식어는 없을까. 어마어마하다는 표현이 무기력할 정도로 어마어마한 크기의 파이프를 그냥 파이프라고 불러도 되는지 모르겠다. 파이프 속으로 사람이 꼿꼿하게 선 채로도 걸어 다닐 수 있을 것 같았다.

얼핏 가늠해봐도 기관실은 4, 5층 건물 정도의 깊이는 되어 보였다. 갑판 위에 쟁여져 있는 컨테이너의 높이와 갑판 아래 기관실의 깊이가 비슷한 것 같았다. 원근법을 이용해서 설명하자면, 파이프라고 불러도 되는지 모를 어마어마한 파이프 수십 개가 가로지르는 그 아래에서 작업하고 있는 기관원들이 엄지공주처럼 작게 보였다.

그곳은 굉장한 소음의 세계이다. 귀마개 없이 들어갔다가는 고막이 견디지 못하고 터져버릴 거라고 한다. 사우나보다 더

위서 땀으로 목욕을 하고, 엄청난 소음 때문에 대부분의 기관사들이 난청을 직업병으로 가지게 되는 곳이다. 지금처럼 최첨단 시스템으로 컨트롤하기 전에는 모든 기관원이 직접 들어가서 일해야 했다.

지하 세계의 하데스 같은 이가 기관장이다. 웃으면 오른쪽 뺨에 살짝 보조개가 패고 부챗살처럼 눈가 주름이 잡히는 얼굴이 얼마나 선량해 보이는지 모른다. 낯빛은 투명하도록 하얗다. 늘 기름때 전 옷을 입고 있다가 퇴근을 하면 말끔한 옷으로 갈아입고 아무 일도 없었다는 듯 하얗게 웃고 있는 그는 사실 하데스와는 정반대의 이미지다.

동승하게 될 객들을 위해 준비한 이야기를 들어보면 그가 얼마나 섬세한 사나이인지 알 수 있다. 그는 선실 두 개를 비워두고 홍콩에서 우리가 탈 때까지 잠가두었노라고 했다. 여자 작가들이 혹시라도 무서워할지 모른다는 노파심에 이층 침대를 한방에 몰아넣는 것도 잊지 않았다. 창작실에는 냉장고와 차를 끓여 마실 수 있는 포트, 오디오와 이메일을 사용할 수 있도록 준비해두었다. 사전 교육을 받을 때 우리는 회사의 통신계정 외에는 이메일을 사용할 수 없다고 들었다. 우리는 꼼짝없이 세상과의 모든 줄이 끊어질 거라고 예상했고 각오를 단단히 했었다. 우리는 그의 세심한 배려에 감탄했다. 그러나 솔직히 고백하면, 나는 크게 실망했다.

항해를 떠나기 전, 나의 준비는 비우기였다. 비우고 비워서 새롭게 태어나고 싶었다. 더럽혀지고 오류투성이인 삶을 갱신하고 싶었다. 우주의 자궁 같은 대양에서 새롭게 태어나고 싶었다. 그러기 위해서 필요한 것은 고립이었다.

고립감은 대양을 항해하는 데 필수품이다. 나는 빈 가방에 고립감을 가득 채워 올 생각이었다.

깊은 산속이나 섬에서는 휴대폰이 터지지 않는 때가 있었다. 그럴 때는 휴대폰을 꺼두어도 핑곗거리가 있었다. 그런 고립의 시간은 하이테크놀로지 시대에 숨구멍 같은 것이었다. 이제는 세상 끝까지 쫓아오는 인공위성과 각종 첨단장비들 때문에 숨을 곳이 없어졌다. 숨을 곳이 사라지자 아이러니하게도 잠깐의 고립도 공포가 되어버렸다. 사람들은 수맥을 탐사하듯 와이파이를 찾아다니고, 식량을 비축하듯 데이터를 쟁여둔다. 고립감은 동이 나버렸다.

항해가 결정된 후, 정말로 나를 흥분시킨 건 대양 그 자체보다는 대양에서만 건질 수 있다는 고립감에 대한 기대였는지 몰랐다. 세속과 완벽히 단절한 채 나를 대양에 고립시키고 싶었다.

그런데 대양에서마저 이메일을 체크하고 앉아 있다니, 상상만 해도 실망스러웠다. 그건 대양에 대한 모독이었다. 그러나 나의 실망은 소주 한 박스에 헤실헤실 풀어져버렸다.

"글 쓰는 분들은 술을 좋아하지 않습니까? 그래서 소주 한 박스를 특별히 실어놨죠."

대양에서도 요일 감각이 살아 있다. 출근이라는 것과 상관없이 살아도 일요일이면 이상하게 나른하고 생전 안 자던 낮잠도 자게 된다. 그 야릇하고 미지근한 입자가 바다까지 따라와 공기 중에 떠도는 것 같다. 엿새 일하고 마지막 날은 쉬었노라던 신의 의지가 대기 중에 서려 있는 것일까.

점심시간에 짬뽕이나 국수 같은 면 요리가 나오면 일요일이다. 주방도 쉬어야 하니까. 맛있는 식사는, 몇 달씩 이어지는 지루한 항해에서 누릴 수 있는 최고의 즐거움이다. 각별한 요리 하나로 배의 분위기가 바뀌기도 한다. 그걸 잘 아는 조리장은 항구에 정박해 있는 동안 그 나라의 독특하고 신선한 식재료를 구입하기 위해 애쓴다. 육고기는 물론이고, 생선과 왕새우, 크랩, 문어, 조개류의 신선한 해산물과 횟감 그리고 지역특산 과일 채소 양념류를 넉넉히 사들인다. 그럴 수 있는 것은 면세가로 구입하기 때문이다. 인건비나 기타 부대비용도 들지 않으므로 식비를 온전히 식재료 구입비로 사용할 수 있어 요리의 질이 높아질 수밖에 없다. 항해가 길어질 때를 대비해서 저온, 냉동창고도 있다.

냉동창고를 구경시켜주던 조리장이 재미있는 이야기를 들려주었다. 오래전, 캄차카반도 부근을 항해할 때였다고 한다. 어느 선원이 바다 위에 떠 있는 커다란 얼음 위에서 해달을 발견했다. 선원 모두가 해달을 잡기 위해 대동단결했다. 해달의 음경이 정력에 좋다는 속설만으로도 정력이 샘솟았나 보다. 창과 그물 같은 도구를 총동원하면서 기를 쓴 끝에 결국 해달을 잡았다. 잡기는 잡았으나 온 세상의 육해공 식재료를 두루 섭렵한 조리장으로서도 해달은 요령부득이었다. 그리하여 일단은 냉동창고에 넣어두었다. 요리는 고사하고 살아서 꿈틀

거리는 해달의 숨통을 끊는 일조차 난감하기 짝이 없으니, 일단 얼려보자는 심산이었다. 선원들은 식사 시간에 모여 앉으면, 포획한 해달을 어떻게 요리할 것인지 갑론을박하느라 떠들썩했다. 해달을 요리해본 사람이 있을 리 없었다. 다들 선배 선원들로부터 언젠가 전해 들은 풍문이었는데, 해달의 음경만 자르고 바다에 버린다는 게 통설이었다. 아, 상상만으로도 곤혹스럽다. 하여튼, 그리고 며칠 후 다른 식재료를 찾으려고 무심코 냉동창고 문을 열던 조리장은 그대로 기절할 뻔했단다. 빳빳하게 얼어 있을 거라고 생각했던 해달이 멀쩡하게 살아서 걸어 나온 것이다.

"아이고, 그때 참말로 식겁했습니다."

그리하여 해달은 다시 바다로 돌아갔고, 선원들은 요리법을 이야기하며 잠시 달뜬 것으로 양기를 보충했다는 것이 해프닝의 결말이었다.

기관실 견학이 끝난 후 기관장이 우리를 자기 방으로 초대했다. 역시나 성격대로 참치와 돔회, 오징어를 깔끔하게 차려놓았다. 그가 선원들 사이에서 떠돌고 있는 우리에 대한 이야기를 전해주었다.

우리는 포춘 도서실에 각자의 작품집을 사인해서 기증했는데, 다음 날 가보니 L의 소설과 P의 시집만 남아 있었다. 그다음 날 가보니 그것마저 사라졌다. 항해 중의 배에는 오직 선원들만 타는 것이 법칙이라면 법칙인데 선원도 아닌 이들이 유령처럼 이곳저곳을 배회하고 있으니 도대체 저자들의 정체가 무엇인가 궁금했을 테다. 우리들은 배에 탄 후 선원들을 한 명씩 인터뷰하던 중이었다. 우리도 그들의 사연이 궁금했으니까. 어디서 어떻게 살다가 어찌해서 배를 타게 되었는지. 그런데 어쩌면 하나같이 그렇게 순진하고 선할 수 있을까. 인터뷰를 하고 나면 우리끼리 하던 말이었다. 오랫동안 배를 타서 순진한 것인지 순진해서 배를 타게 된 건지, 그것까지 캘 수도 없고 그들의 모든 면을 다 들여다볼 수도 없는 시간이었지만, 적어도 나쁜 사람들이 아니라는 건 알 것 같았다. 3D 직종의 최고봉이랄 수 있는 선원을 직업으로 선택한 이유의 9할이 가족을 위해서였다. 게다가 그들 중 대부분은 한 항차가 끝나고 한 달가량 쉰 후에 곧바로 다시 배를 탄다. 한 항차는 6개월 때로는 열 달이 되기도 한다. 그러니 정신없이 바쁘게 돌아가는 뭍에서의 생활은 영 젬병일 테고 나쁜 사람이 될 기회조차 없는 것이다. 만나는 사람들도 늘 거기에서 거기일 테니, 자기들은 그토록 지겨워하는 선상 생활을 너무나 즐거워하는 우리들의 존재가 유별나 보이기도 했을 것이다.

우리들의 존재가 아주 방해가 되는 것만은 아닌 듯했다. 식사 시간에 옆에서 여자들 목소리가 들리는 것만으로도 즐겁더라고 몇몇 해기사들과 갑판수들이 말하더란다. 그 말을 들으니, 물큰 사람 냄새가 풍기는 것 같았다. 이 배는 그저 운송 수단만이 아닌 생활의 터전이기도 한 것이다. 떠다니는 집인 것이다.

방으로 돌아오다가 창으로 밤바다를 내다보았다. 배는 물살을 가르며 달리고 있었다. 엔진 소리는 지친 기색도 없이 일정했고, 뱃전에서 부서지는 물살도 규칙적이었다. 싱가포르를 떠난 이후 한 번도 쉬지 않고 달리는 중이었다. 그런 그가 이루 말할 수 없이 듬직하게 느껴졌다. 그랬다. 그 순간, 포춘은 철근 덩어리 배가 아닌 어떤 인격체로 다가왔다. 그의 품은 더할 수 없이 너르고 푸근하며 언제까지나 변함없는 아량으로 나를 다독여줄 거라는 믿음이 갔다. 그런 그를 어찌 사랑하지 않을 수 있을까. 그날 밤, 나는 세상 근심 모르는 어린아이처럼 깊은 잠에 빠졌다.

동경과 현실 사이

여전히 인도양을 향해 중이다. 막막한 대양으로 나오니 마음의 여유가 조금 생겼다. 얀 마텔의 『파이 이야기』를 읽었다. L이 가져온 책이다. 우리는 짐을 가볍게 하기 위해 책을 중복되지 않게 가져와서 돌려 읽는 중이었다. 나는 읽을 때마다 새롭게 읽히는 박상륭의 『죽음의 한 연구』를 재독한 후 L에게 주었다. 짐을 꾸리면서 나는 책꽂이를 훑었다. 그러다가 내 손이 멈춘 곳이 박상륭의 『죽음의 한 연구』였다. 왜 그 책이었을까. 먼바다로 나간다고 죽음을 각오해야 하는 시대가 아니라는 걸 머리로는 알고 있지만 나의 무의식은 죽음을 염두에 두고 있었나 보다. 여하튼 대양은 내게 완벽한 미지의 세계였다. 과장을 좀 보태자면, 한 번도 가본 적 없다는 점에서는 우주나 저승과 무엇이 다른가. 심각하게 진지한 상태는 아니었으나 유서도 써두었다. 어쩐지 그것이 오히려 나의 무사 귀환을 위한 부적처럼 느껴지기도 했다.

『파이 이야기』는 난파선 이야기다. 캐나다를 향해 가던 화물선이 대양 한가운데에서 침몰한다. 사랑하는 가족을 모두 잃은 열여섯 살 인도 소년 파이는 간신히 구명보트에 오르는데, 거기에는 하이에나와 오랑우탄, 얼룩말, 그리고 이백 킬로그램이 넘는 뱅골호랑이 한 마리가 올라타 있었다. 호랑이는 하이에나, 오랑우탄, 얼룩말을 차례로 잡아먹었다. 이제 소년만 남았다. 소년은 언제 호랑이의 밥이 될지 모르는 상태로 태평양을 표류한다.

대양 한가운데서 읽기에 이보다 적절한 책이 또 있을까. 나는 L의 선택에 감탄했다. 한편으로는 읽는 내내 질투심이 일었다. 작가의 대담한 상상력과 바다에 대한 생생한 묘사, 그리고 깊이 있는 통찰은 감탄과 동시에 절망감에 빠지게 했다. 대양에서 읽으니 더욱 그러했다.

무엇보다 구명보트에 호랑이와 소년을 함께 태운다는 발상은 얼마나 발칙한가. 게다가 대양 한가운데라니, 이 대담한 발상을 어떻게 결말까지 이끌어 가려는 것인가. 작가는 가족들을 눈 하나 깜짝하지 않고 몰살시키는 단호함으로 고작 열여섯 살밖에 안 된 소년을 가차 없이 몰아붙인다. 소년은 줄곧 죽음과 함께 표류한다. 작품의 설정 자체가 인생 항로를 은유한다. 소년은 어떻게든 호랑이를 죽여보려고 혼신의 노력을 기울인다. 그러다가 어느 순간 호랑이와 함께 사는 방법을 찾기 시작한다. 절망이 호랑이보다 더 무섭다는 걸 깨달은 것이다.

　소설은 세월이 흘러 대양을 표류하던 소년이 노인이 되어 들려주는 이야기다. 그러므로 소년이 호랑이에게 잡아먹히지도 않고 태평양에 가라앉지도 않고 살아남는다는 건, 이미 알고 있다. 그러나 소설은 과정의 이야기, 작가는 과연 이 설정을 어떻게 감당하려는 걸까.

　지난밤 스리랑카 부근을 지난 배는 이제 몰디브 근처를 지나고 있다. 스리랑카 부근을 지날 때 수평선에는 먹구름이 잔뜩 끼어 있었다. 저 멀리 어딘가에는 비가 내린다는데 배에는 열두어 개의 빗방울만 떨어뜨리고 말았다. 노을도 먹구름에 가렸다. 남동쪽 하늘에는 무지개가 걸렸다. 두시 방향에서는 번개가 치기 시작했다. 번개가 치는 그곳은 사람들이 살고 있을 것만 같다. 저 멀리 어느 대륙에서는 비 내리고 번개가 치고 있을 것이다. 구름이 많이 끼어 달은 보이지 않는데, 하늘 가운데는 맑아 별이 떴다. 헤아릴 수도 없이 많은 별이 떴다.

J가 별자리 지도를 가지고 왔다. 지도를 보면서 간신히 오리온자리 하나를 찾았다. 쌍둥이자리를 찾아보았지만, 별이 너무 많아서 쉽지 않다. 남십자성은 아직도 찾지 못했다.

브리지에 올라가니 3항사가 무선 교신 중이다. 들어보니 본사에 뭘 보고하는 것은 아니고, 그냥 잡담이다. 이번에 돌아가면 휴가구나. ○○ 소식은 알고 있어? 그렇구나. 나랑은 일정이 계속 어긋나서 못 본 지 오래되었네. 그러더니 우리 이야기를 한다. 우리 배에는 작가분들이 타고 있어. 로테르담에서 내릴 거야.

"누구랑 얘기한 거예요?" 물으니, 손가락으로 창밖을 가리킨다. 멀리 배 한 대가 지나고 있다. 망원경으로 보니 H상선 아쿠아피아라고 써 있다. 아, 같은 회사 배로구나.

"저건 LNG선입니다."

우리가 집에서 사용하는 가스도 이렇게 배로 운반되어 오는구나. 배가 정말 야릇하게 생겼다. 갑판 위에 컨테이너 대신 젖가슴 같은 게 다섯 개 볼록볼록 튀어나와 있다. 사람이라면 너무 많고 짐승이라고 치면 짝이 맞지 않네, 생각하며 혼자 웃었다.

3항사는 독특한 버릇이 있다. 해도를 그리거나 작업을 할 때를 제외하고는 조타실 왼쪽 끝에서 오른쪽 끝까지 쉬지 않고 왔다 갔다 한다. 운동이 부족해서 그러는 건지 그냥 습관인지 아니면 둘 다인지, 물어보지 않았지만 어쩐지 우리에 갇힌 짐승처럼 보여서 짠하다. 그는 배도 나오지 않았을 뿐 아니라 오히려 호리호리한 체격에 안경을 낀 아직은 앳된 스물일곱 살의 청년이다. 선원 리스트를 받아보았을 때 부산, 마산 등의 주소 속에 강원도 인제가 현주소로 되어 있던 이였다. 그는 휴가 중에 갑자기 포춘호를 타게 되었는데, 남지나해에서 실종된 선원 문제로 3항사가 조사를 받기 위해서 내리게 되었기 때문이라고 한다. 그 문학 지망생 얘기였다.

그런데 강원도 산골에서 태어나 살던 이가 어떻게 이 먼바다까지 오게 되었을까?

"저는 해양대에 입학원서 내기 열흘 전까지도 그런 대학이 있는지도 몰랐습니다."

해양대 원서를 가져온 건 그의 친구였다. 해대 졸업 후 3년간 상선을 타면 군대를 면제해주고, 의무 기간을 마치면 경위를 달아준다는 말이 너무 유혹적이었다. 게다가 상선을 타면 돈 쓸 시간도 없으니 월급을 고스란히 저축할 수 있으리란 계산은 망설임을 깨끗하게 끝내주었다. 그러나 해양대에 가서 오리엔테이션을 받을 때는 다 그만두고 싶었다고 한다. 머리를 짧게 깎고 오라고 해서 짧게 깎았는데도 눈을 가리고 어딘가로 데려가더니 머리를 밀어버리더란다. 군기가 사관학교 못지않았다고 한다.

"지금도 그 생각만 하면 끔찍합니다."

이제 2년간의 상선 복무를 마치고 1년이 남았다. 처음에는 당직 서는 것도 떨렸다. 서류에 오타 하나만 있어도 입항을 못 하는 일이 생기기도 하니까 지금도 떨린다. 화물 선적은 아직

할 줄 모른다.

계속 이 일을 할 거냐는 말에 그는 잠시 주저하다가 말한다.

"일은 너무 좋습니다. 같이 일하는 사람들도 좋고. 그런데 이렇게 인생이 결정된다고 생각하면 제 나이가 너무 젊은 거 아닌가, 그런 생각이 듭니다. 아직 이것저것 해보고 싶은 것도 많은데 바다에 묶여버려야 하는지, 솔직히 그게 갈등입니다."

지난 휴가 때는 2년간 사귀던 애인과 헤어졌다고 한다.

그는 이 이야기를, 조타실 오른쪽 끝에서 왼쪽 끝까지 쉬지 않고 왔다 갔다 하며 했다.

승무원들 대부분은 자기 하나 희생해서 다른 가족들이 편안하고 행복하다면 기꺼이 이 일을 하겠다고 말한다. 기관장은 내년이면 20년 근속이다. 목포 해양전문대를 나와서 해군으로 복무한 후 입사해서 20년 세월을 바다에서 보낸 것이다.

그러나 요즘은 의무 기간을 마치면 쉽게 그만둔다고 한다. 예전과 달리 가난한 집안이 아니더라도 이 직업을 선택하기도 하지만, 이직률이 무척 높다고 한다.

선원들 한 사람 한 사람의 사연은 제각기 절절하다.

그들 이야기를 들으면 소년 하나 떠오른다.

소년은 선원이 되고 싶었다. 가난해서도 아니고, 자기 하나
희생해서 가족들 먹여 살리려는 것도 아니고, 돈 많이 벌어 집
도 사고 잘살고 싶어서도 아니고, 그저 바다가 좋아서였다. 섬
에 살던 소년에게 바다는 앞마당 같은 곳이었다. 태어나면서
부터 어머니의 양수에서 놀듯이 바다에서 놀았고 주위의 어른
들은 뱃사람 아니면 어부였다. 배를 타고 멀리 다녀온 어른들
은 소년이 알지 못하는 세상 이야기를 해주었다. 어른이 되면
선원이 되겠다는 건 소년에게는 고래가 바다에서 헤엄치는 것
만큼이나 당연한 일이었다.

동경이 너무 깊었을까?

소년은 꿈을 이룰 수 없었다. 눈이 문제였다. 적록색맹. 이
즈음에는 색맹이 큰 문제가 아니라고 하는데, 소년이 청년이
되었을 때 적록색맹은 바다로 향하려는 그의 동경을 옭아매
는 닻줄이었다.

세월이 흘러 소년은 중년의 나이가 되었다. 한 아이의 아빠
가 되고 남편이 되고 생활인이 되었다. 그러나 그 무엇도 소년
이었을 적 그 꿈을 퇴색시키지 못했다. 세월이 흐를수록 꿈은

더욱 생생하고 간절해졌다. 가지 못한 길의 아쉬움, 그리움. 그것은 채워지고 해소되지 않으면 사라지는 게 아니니까. 장애는 오히려 동경에 불을 붙이는 기름 같은 것, 동경은 장애를 먹고 더욱 깊어지는 것이니까.

누군가에게는 별다른 동경도 없이 하나의 선택지였을 그것이 어떤 한 사람에게는 그토록 간절한 동경이란 걸, 3항사는 모를 것이다.

3항사와 함께 당직을 서는 갑판수는 장춘에서 태어난 중국 동포다. 스무 살이 되어서야 처음 바다를 보았고, 이듬해부터 배를 타기 시작했다. 지금은 승선한 지 6개월째인데, 보통 10개월씩 계약을 한단다. 열 살과 세 살짜리 아들 둘이 있다.

"아이들이 아직 어리네요. 오랫동안 보지 못하면 힘들겠어요."

아이들 얘기만 해도 얼굴에 화색이 돈다.

"오랫동안 배를 타고 내리면 땅 멀미를 하거든요. 머리가 어질어질하고 땅이 막 울렁거려서 한동안 힘들어요. 그런데 신기한 게 뭐냐면, 아이들만 보면 말짱해져요. 그거참, 정말 신기해요."

갑자기 말이 많아진 게 부끄러운지 얼른 입을 다무는데, 얼굴이 빨개진다.

자유에 대하여

음악을 「네이처 보이」에 구간 반복으로 맞춰놓고 윙브리지에 앉는다. 그리고 눈을 감는다.

선실에 누우면 살짝살짝 요람을 흔드는 듯한 미동이 느껴질 뿐이다. 그러나 그게 진짜 배의 진동인지 아니면 이미 내 몸속으로 스며들어버린 감각인지 잘 모르겠다. 이제는 내 몸이 배와 하나가 되어버린 것 같다. 이렇게 지내다가 뭍에 내리면 나도 땅 멀미를 하게 될 것이다. 그게 어떤 것인지 은근히 기대가 된다.

GPS에서 우리 배가 하나의 점으로 표시되듯 내가 검은 바다 위를 하나의 점이 되어 조금씩 나아가고 있는 느낌이다. 어둠이 내리는 밤바다 한가운데 하나의 점이 되어 눈을 감는다.

눈을 감으면 바다가 내 속으로 들어온다. 매일 보았던 잉크빛 바다가 스며든다. 검게 번들거리던 밤바다가 떠오른다.

자유로운가.

앙코르와트에 가기 위해 캄보디아의 톤레삽 호수를 중형 보트로 건넌 적이 있다. 그때 서양 여행자들이 선실이 아닌 지붕 위로 올라가길래 나도 따라 올라가 거기 누워 눈을 감았다. 바다 같은 호수를 가로지르는 배 위에서 바람에 나를 맡겼다.

그때, 한 번도 느껴보지 못한 감각이 나를 스쳤다. 몸이 깃털처럼 가볍게 허공으로 붕 떠오르는 것 같았다. 마치 임사체험처럼 중력으로부터 놓여난 느낌이었다. 그것은 분명, 자유의 느낌이었다. 추상이나 관념이 아닌 아주 구체적인 것으로 느낀 자유였다. 뭐라고 설명할 수는 없지만 초월적인 해방감이 나를 가득 채웠다. 그것이 나를 깃털처럼 가볍게 했다. 짧은 순간이었지만, 강렬한 느낌이었다. 그 느낌은 잡을 새도 없이 순식간에 흘러가버렸지만, 오랫동안 잊히지 않았다.

이제 대양에서, 인도양 한가운데에서 그 황홀을 다시 한번 기대했다. 그러나 그 느낌은 다시 찾아오지 않았다. 왜일까? 호수에서도 맛보았던 그것이 대양 한가운데에서는 어째서 느껴지지 않는 걸까?

여러 날이 지나서야, 나는 그 이유를 어렴풋이나마 짐작해 보았다. 바로 옆 브리지에서 밤바다를 응시하는 항해사, 용광로처럼 뜨거운 기계들 틈에서 기름때에 절어 있는 기관원들, 가족들의 생계를 위해 그리움이나 자신의 욕망 따위는 바닷바람에 가볍게 날려버리는 이들, 그들의 만만치 않은 삶의 이력이 달라붙어 떨어지지 않는 것이다. 그것이 중력보다 무겁게 나를 붙잡고 있었다. 이런 곳에서 자유를 꿈꾼다는 게 사치스러운 게다. 포춘은 크루즈가 아닌 까닭이다.

두고 온 사람들도, 나를 따라붙는다. 닻처럼 내 발목을 잡는다.

항해를 떠나기 전, 이 항해에 거는 나의 소망은 텅 비워서 새로워지기였다. 대양의 자궁에서 새롭게 태어나고 싶었다.

인도양에 이르러 깨닫는다. 그건 가능하지도 않을뿐더러,

가증스러운 소망이란 것을.

후미에 자신이 지나온 궤적을 하얗게 이끌고 가는 배처럼, 나 역시 내 지나온 길을 내내 그렇게 끌고 가야 하는 것이다. 아무리 부끄럽고 외면하고 싶어도 그것이 나이기 때문이다.

고독을 양식으로 삼는 자는 거룩하다. 몇 날 며칠 쉬지 않고 달리는 배는, 해가 뜨건 달이 뜨건 낮이건 밤이건 가고 또 가는 배는 지구별을 돌고 있는 또 하나의 거룩한 행성.

컨테이너마다 온갖 국적의 사람들이 노심초사 만들고 공들여 포장해서 실어 보낸, 그리하여 사람들의 일용할 양식이 되고 자식들 공부시키고 노부모를 봉양하는 그 거룩한 땀이 함께 실려 가고 있다. 이 배에는 수많은 이들의 꿈과 희망과 아름다운 마음이 함께 동승하고 있다.

단순한 풍경이 그 어떤 것보다 깊은 성찰로 이끌어준다. 단순함은 숱한 망설임과 조바심을 쳐내고서야 얻어낼 수 있는 절제의 미학. 나도, 툭하면 깨어나 술렁거리는 숱한 상념과 번민을 통과한 후에야 겨우 이 정도의 깨달음 하나에 도달했다. 나의 좌절과 실패, 아둔함과 미련함, 번번이 휘둘리는 욕망 속에서 솟아나는 자기혐오. 그런 것들을 바다에 투기할 수 있다고 생각했던 것이 오산이었음을 깨닫는다.

대양으로 나아갈수록 수심은 더욱 깊어진다. 수심 깊어질수록 물빛 또한 깊어진다. 그렇듯 나 또한 깊어지기를, 지극한 마음으로 바란다.

내 땅에 두고 온 것들,
그곳의 당신과도 조금씩 멀어집니다.
그만큼 돌아갈 날 가까워 옵니다.
내 평생 처음이자 마지막일 항해.
항해 내내 당신 그림자 따라옵니다.

선수에서 가장 가까운 계단참에 내 자리 하나 만들었다. 처음 선장의 안내를 받으며 나갔던 선수는 얼마나 아찔하던지. 발아래로 닿을 듯 펼쳐진 새파란 바다가 얼마나 유혹적이던지. 시속 24~5노트(1kn은 1.852km/h)로 달리는 배에서, 겨우 사람 하나 지나다닐 수 있는 데크를 걸으며 그만 발을 헛디딜 것만 같았다. 긴 회랑 같은 곳을 지나 마침내 도착한 선수.

선수에서도 가장 최전선은, 레오나르도 디카프리오와 케이트 윈슬렛이 영화 「타이타닉」을 잊을 수 없게 각인시켰던 바로 그 장면을 연출한 곳이다. 난간을 붙잡고 아래를 내려다보았다. 시속 24~5노트의 속도로 물살을 가르며 달리는 배, 그 위에서 내려다보는 바다는 아찔한 블랙홀 같았다. 시속 24~5노트를 킬로미터로 환산하면 시속 약 50킬로미터의 속도다. 그 속도로 배가 물살을 가르는데 어째서 이렇게 고요한 것인가. 그곳이 아찔한 블랙홀처럼 느껴지는 이유는, 고요함 때문이었다. 물보라도 없이 고요했다.

난간을 붙잡고 아래를 내려다보면 돌고래의 입처럼 타원형으로 생긴 배의 앞부리가 물속에서 미끄러지는 것이 보인다. 마치 잠수정이 쏜 어뢰처럼 단단하고 매끄럽다. 곧 다가올 어마어마한 폭발력을 극도로 정밀하게 응축한 것 같다. 이것을 벌브(bulb)라고 한다. 물보라조차 일지 않는 것은 바로 이 벌브 때문이다. 물이든 육지든 움직이는 것은 저항을 받게 마련이다. 물의 마찰저항은 공기의 마찰저항보다 더 크다. 선체가 물살을 헤치며 나아가는 속도에 비례해서 물보라도 그만큼 커지게 된다. 물과의 마찰로 인해 생기는 마찰저항과 파도를 만들면서 생기는 조파저항이 있는데, 이때 벌브가 만드는 파도와 선체가 만드는 파도가 서로 간섭하여 거의 물결이 일지 않게 된다고 한다. 이것이 물리법칙이라지만 그럼에도 신기하기만 하다. 거대한 산 같은 배가 소리도 없이 미끄러지다니.

뱃전에 앉아 바다를 내려다본다. 물빛은 투명한 하늘색이다. 인도양으로 접어들면서 수심은 4천 미터를 넘나들었다. 그 물빛은, 차마 말로 형용하기 어려웠다. 날이 맑을 때는 우리의 맑은 가을 하늘을 닮아 그저 하늘색이던 것이 어느 순간 빛의 굴절에 따라 투명한 담청색으로 변했다. 이걸 끓여 결정체를 추출하면 보석 하나 만들어질 것 같다. 실제로 본 적은 없지만 아콰마린과 그 빛깔이 비슷하다. 아콰마린에 얽힌 여러 전설 중 하나도 물빛에 대한 것인데, 어느 봄날 인어가 몸을 치장하기 위해 보석 상자를 열다가 바다에 비친 태양 빛에 눈이 부셔 그만 흘려버린 보석이 아콰마린이라고 한다. 또는 인어가 흘린 눈물이라는 말도 있는데, 선원들의 안전을 지켜준다고 전해진다.

빛에 홀렸던 인상파 화가들의 심정이 이랬을까? 빛은 허깨비처럼 잡을 수 없고 색은 빛과 함께 춤추니, 찰나를 잡으려는 그들의 안간힘은 얼마나 치열했을까. 빛과 색만으로도 현란한데, 물까지 더하니 미쳐버릴 수도 있을 것 같았다. 그것은 빛과 색과 물이 빚어내는 향연이었다.

불순물 하나 섞이지 않은 순수하고 맑고 투명한 바다 위를 배는 얼음처럼 미끄러져 간다. 인도양이 통째로 거대한 물방울 다이아 같다. 빨려 들어갈 것만 같았다. 실제로 그렇게 바라보면 위험하다고 선장이 말했다.

"바람 한 점 없는 날에는 배가 미끄러지듯이 갑니다. 꼭 뱀이 미끄러지는 것 같아요. 그럴 때 물속을 가만히 들여다보고 있으면 빨려 들어가는 것 같아요. 환각이 일어나는 겁니다. 그러면 진짜 위험해요."

수평선에 배 한 척이 나타나더니 점점 다가온다. 저 배가 우리 옆을 지나가면 파도가 칠 것이다. 그렇게 생각하고 움찔 뒤로 물러나 앉으려는데 뭔가 이상했다. 가만히 지켜보니, 그 배가 다가오는 게 아니고 우리 배가 추월하는 거였다.

사무실에 출근 도장 찍듯이 며칠 계속 지정석으로 가던 어느 날이었다. 어디선가 낯선 소리가 들렸다. 차르르르, 흡사 영사기가 돌아가는 소리처럼 들렸다. 이윽고 뱃전에서 뭔가가 날아올랐다. 처음에는 새 떼처럼 보였다. 하얀 새들이 일제히 날아오르는 듯했다. 하지만 바닷속에서 웬 새? 눈을 비비고 다시 보니 날치였다. 날치들이 떼를 지어 날아올랐다. 얼른 봐도 백여 마리는 되어 보였다. 날치들이 포물선을 그리며 멀리 날아가더니 다시 바다로 떨어졌다. 어찌나 날렵한지 물 찬 제비들 같았다. 아니다, 물 차기로 하면 제비가 어찌 날치를 따라갈 수 있으랴. 차라리 수중발레단이 더 어울린다. 개중에는 혼자 튀어나와 지그재그로 날아가는 놈도 있다. 그럴 때는 프라모델 비행기처럼 보인다. 햇빛에 반사된 날개는 잠자리 날개 같다.

날치는 어쩌다 저렇게 하늘을 날아오르게 되었을까. 날치들이 왜 떼를 지어 날아오르는지는 정확히 밝혀지지 않았다고 한다. 지나가는 배나 대어를 피하려는 것일지 모른다고 추측만 할 뿐이다. 그렇게 생각하고 보니 애틋하다. 얼마나 공포스러웠으면 하늘로 튀어 올랐을까. 멀리 나는 것은 4미터에서 10미터까지 날기도 한단다. 저렇게 쉬지 않고 나는 연습을 하

다 보면, 만 년쯤 후에는 저것들이 새가 되어 있을지도 모를 일이다. 그때쯤이면 구룡공원의 반얀트리도 성큼성큼 바닷속으로 걸어 들어가고 있을지 모르겠다.

드디어 기다리던 회식 날이다. 바비큐 파티를 위한 자리가 윙브리지에 마련되었다. 바닥에 길게 매트가 깔리고 김치와 각종 채소, 밥, 그리고 술이 세팅되었다. 선기관장과 선원들이 둘러앉았다. 선원들이 모두 모인 건 처음이었다.

그릴에서는 고기와 새우, 조개, 오징어 같은 해산물을 구웠다. 바비큐의 약점은 그것들이 저 혼자 구워지지 않는다는 것이다. 어쩔 수 없이 조리장과 보조는 회식 시간 내내 그릴 옆에서 땀을 흘려야 했다. 캔 맥주를 한 잔씩 마시며 땀을 식히는 사이로 우리는 돌아가면서 고기쌈을 싸서 입에 넣어주었다. 당직사관들은 브리지를 오가며 고기를 한 점씩 집어 먹었다. 바다에 고수레하는 것도 잊을 수 없는 일이었다.

우리는 그때까지도 돌고래를 만나지 못한 것이다. 항해사들에게 비상 콜을 부탁도 하고 우리끼리 돌고래 당번을 서기도 했지만, 돌고래는 우리에게 관심이 없는 듯했다.

그러나 지금은 선원들과의 만남 시간. 우리는 술잔을 주고받으며 그동안 쌓인 궁금증을 풀어놓았다. 이야기는 끝도 없이 이어졌다. 인도양 한가운데였고, 배는 여전히 달리고 있었다. 세상에 이보다 환상적인 회식 자리가 또 있을까.

다만 한 가지 문제는 바람이었다. 바다 위라는 건 환상적이었으나, 그건 시속 50킬로로 달리는 트럭 위에서 고기를 구워 먹는 것과 마찬가지였다. 세 여자는 메두사처럼 날리는 머리를 끌어내리느라고 정신이 하나도 없었다. 회식이 끝난 후 우리의 머리는 폭탄을 맞은 것처럼 변해 있었다. 우리는 입을 모아 말했다.

"그래, 한 번이면 족하다."

하얀 바다

LAT 09:35.079

LON 067:20.357

이것은 포춘의 현재 위도와 경도다.

책상 위에 펼쳐놓은 해도가 하얗다. 섬 하나 없다. 처음엔 흰 도화지를 펼쳐놓은 줄 알았다. 인도양, 아라비아해의 중간 지점이다. 레이더 상에도 섬 하나 걸리는 것 없다.

거대한 원, 그 중심에 포춘만 점처럼 표시되어 있다. 배는 전속력으로 달리는데 그 자리에 붙박여 있는 것처럼 보인다.

원 밖으로 나갈 수 없다. 아무리 달려도 중심점만 이동할 뿐 원은 언제나 일정한 거리를 유지하며 미동도 없다. 아무리 달려도 벗어날 수 없다. 그리하여 묵묵히 있을 수밖에 없다. 아무리 달려들어도 그저 묵묵한 어떤 존재 앞에서는 얌전히 꼬리 내릴 수밖에 없다.

지구는 둥글고 우리는 간신히 중심점을 이동하며 살고 있을 뿐이다.

하늘에는 흰 구름 몇 점 한가로이 떠 있다. 바다와 하늘은 그림자놀이를 하고 있다. 무료함에 하품이 나온다. 기분 좋은 나른함에 젖어든다.

밤 아홉시. 선실의 시계를 지켜보고 있었다. 아홉시가 되기 일 분 전, 시곗바늘이 돌아가기 시작한다. 뒤로 돌아가는 시곗바늘은 처음 보았다. 물론 누군가 조종하고 있는 것이지만. 거꾸로 돌아가는 시곗바늘을 쳐다보고 있노라니, 시간도 결국은 발명품의 하나일 뿐이란 자각이 든다. 대체로 인류 문명은 자신의 발명품으로부터 소외되고 급기야 노예가 되는 역사가 아니었던가. 시계의 톱니바퀴가 되어 발을 동동 구르는 게 현대인의 삶이 아니던가. 포춘이 쉬지 않고 달리는 것도 시간에 매인 탓일 테다. 시계가 없던 시절에서 우리는 얼마나 멀어진 걸까. 이런 게 문명이라면, 문명의 끝에는 무엇이 남을 것인가. 대양 한가운데 떠 있는 선상 생활이 도시의 문명으로부터 뚝 떨어져나온 것이다 보니, 자꾸만 이런 생각으로 빠져든다. 시곗바늘은 시간을 거슬러 여덟시에 멈춘다.

윙브리지로 나가니 밤하늘에 별이 가득하다. 은하수가 강물처럼 흐른다. 칠흑같이 까만 하늘, 별들이 내쏘는 빛이 고스란히 보인다. 망원경으로 쳐다보니 별빛이 마치 필라멘트 같다. 현미경 속 미생물처럼 발광하면서 꼼지락거린다.

하늘만 올려다보고 있으면, 천지가 미동도 하지 않는 것 같다. 배도 멈춰 선 것 같다. 저 하늘은, 우주는 얼마나 광활한 걸까. 우주의 끝은 있는 걸까. 가늠할 수도 없이 광활한 우주에서 나란 존재는 무슨 의미가 있는 걸까.

선원으로서 글을 쓰는 일은 어쩌면 무척 위험한 일일지 모른단 생각이 스친다. 글을 쓴다는 건, 끊임없이 자신을 들여다보고 존재의 의미를 묻는 일이 아닌가. 그런데 아무리 질문을 던져도 침묵뿐인 대양에서 한없이 상념에 빠지다 보면 결국은 자신이 먼지만도 못한 존재란 생각밖에 안 들 것이고, 그러다 보면 하찮은 글 나부랭이는 써서 뭘 하나, 이렇게 되지 않을까.

남지나해에서 실종된 선원은 무슨 생각 끝에 사라진 걸까.

다음 날 늦잠을 자버렸다. 눈을 뜨니 사방이 훤하고 시계는 열한시를 가리킨다. 이렇게 늦잠을 자다니…… J의 시계를 보니 열시다. 그제야 어제 시간을 뒤로 돌린다는 걸 앞으로 돌렸다는 걸 알았다. 그런데 J는 깜빡 잊고 시간을 고치지 않았다고 한다. 브리지에 올라가서 보니 아홉시다.

섬 하나 없는 하얀 바다를 건너다보니 덩달아 머릿속도 하얘진 것 같다. 시간 감각도 공간 감각도 기준점을 잃고 흔들리고 있다.

어찌 됐건 갑자기 두 시간을 번 것 같아서 행복해진다. 어찌 두 시간 번 것만 행복하겠는가. 지금 이 순간 나는 내 눈앞으로 흘러가는 일 분 일 초가 안타깝고, 안타까운 만큼 충만하다. 세월이 흘러 이 순간이 얼마나 귀하고 충만했었는지 이야기하고 있을 먼 미래의 내 모습조차 보이는 것 같다.

하얗기만 하던 해도 위에 조그만 점 하나가 나타났다. 섬이 란다. 만 이틀을 착실하게 달린 끝에 마침내 하얀 바다의 끝이 보이기 시작하는 것이다. 이름은 소코트라. 섬이라고 부르기 에도 민망한, 그저 조그만 무인도에 불과하지만, 무려 수심 사 천 미터를 솟구쳐 올라와 인간들에게 이름 하나 얻은 섬이다.

대양을 항해할 때 중요한 섬이 몇 개 있는데, 인도양과 아덴 만의 접경에 있는 소코트라도 그중 하나라고 한다. 왜 중요한 지 길게 설명하지 않아도 직관적으로 알 것 같다.

북극처럼 사방을 둘러봐도 눈밖에 보이지 않는 설원이나 사 막 같은 곳에서 인간은 거리 감각을 상실하게 된다고 한다. 기 준점으로 삼을 지형지물이 아무것도 없는 곳에서 인간의 눈은 마치 진공상태의 나침반처럼 헛도는 것이다. 용변을 보려고 텐트에서 조금 떨어진 곳으로 갔다가 방향감각을 완전히 상실 해서 실종되는 경우도 있다고 들었다. 오지 탐험에 대한 기록 을 읽다 보면 이런 기술들이 간간이 눈에 뜬다.

바다도 다르지 않았다. 작은 바위섬 하나 없는 망망대해를 항해할 때면 배가 움직이는 걸 느낄 수 없었다. 수평선은 배를 중심으로 정확히 원을 그리고, 배는 그 중심에 가만히 떠 있는 것 같았다. 그럴 때 작은 섬 하나만 나타나도 원근감이 확 살아나는 것이다. 그리고 깨닫게 된다. 막막함에서 오는 긴장과 공포에 은근히 짓눌려 있었다는 것을.

오늘 저녁이면 대양을 벗어난다고 항사가 알려준다. 얼른 책상으로 다가가 해도를 들여다본다. 대양을 벗어나면 아덴만에 진입한다. 왼쪽은 아프리카 대륙이고 오른쪽은 아라비아반도다. 반도와 대륙 사이의 길고 좁은 바다가 홍해이다. 그 끝에 수에즈 운하가 있다. 원래는 붙어 있던 두 대륙을 파헤쳐물길을 튼 곳이다. 운하가 없을 때는 아프리카 대륙을 한 바퀴 돌아야 했는데 수에즈 운하가 개통되면서 약 만 킬로미터의 거리가 단축되었다고 한다. 그렇게 홍해와 지중해 바닷물이 뒤섞였다. 현대판 홍해의 기적인 셈이다.

그렇다. 홍해와 지중해는 성서와 신화의 무대가 아닌가. 가슴이 두근거린다. 막상 가보면 지금과 다르지 않은 막막한 바다 풍경일지 몰라도, 신과 인간의 역사와 운명이 소용돌이치던 무대라는 생각만으로도 그 바다는 같은 바다일 수가 없다.

24일 00시 30분이 수에즈 운하 도착 예정 시각이다. 수에즈 운하는 운하 양 끝 바다의 수위가 미미하여 인천항처럼 갑문이 없다. 싱가포르 해협이나 말라카 해협이 2차선 국도였다면, 수에즈 운하는 골목길 같은 곳이다. 그 좁은 운하로 인도양과 대서양을 오가는 배들이 모두 몰려든다. 따라서 출입 시간을 미리 조율한다. 열다섯 시간가량 소요된다. 아프리카 대륙을 빙 돌아가는 것과는 직선거리로 계산해도 네 배 이상 차이가 난다. 운항비용의 절반 이상 약 60퍼센트가 연료비라는 걸 감안하면 고정비용이 엄청나게 절감되는 것이다. 통행료는 배의 크기나 화물량에 따라 달라지는데, 포춘 정도의 규모면 1억 원 정도 된다고 한다.

"이집트는 수에즈 운하로 가만히 앉아서 돈을 벌어들이는 거네요."

내가 놀라자, 항사는 어깨를 으쓱하며 말한다.

"그렇게 돈을 많이 버는데도 국민들 생활 수준은 영 아닌가 봐요."

"왜요?"

"수에즈 운하에 잡상인들이 바글바글해요."

바다에 잡상인이라니, 얼른 이해가 되지 않았다.

"작은 돛단배를 타고 대형 상선들 사이를 왔다 갔다 하다가, 배로 올라와서 난전을 펼쳐요."

그럴 수 있는 것은 배가 한꺼번에 몰리는 경우 대기하는 배들이 생기기 때문이라고 한다. 또 운하의 대부분이 외길이므로 대서양으로 북진하는 배들은 그대로 통과하는 반면 인도양으로 남진하는 배는 중간에 닻을 놓고 북진하는 배들이 통과하기를 기다려야 한다. 그러니까 바닷길의 병목 지역인 것이다.

"그 얘기를 들으니까, 우리나라에서 도로가 막힌다 싶으면 짜잔, 하고 장사꾼들이 나타나는 게 생각나네요."

"맞아요. 그거예요. 한 줄로 서서 간다고 보면 돼요."

"뭘 팔아요?"

"과일도 팔고, 기념품 같은 거죠. 파피루스 같은 거, 그런데 그거 다 가짜예요."

포춘은 약속된 시간에 맞춰 운항 속도를 조절하는 중이다.

오늘도 오전 오후 내내 뱃전에 앉아 있었다. 시간이 어떻게 흘러가는지도 모르게 하루가 지나간다. 뱃전에 앉아 바다의 경전을 읽는다.

잔파도 하나 없이 잔잔한 바다는 마치 비단을 펼쳐놓은 듯하다. 뭉게구름이 눈높이에 떠 있다. 하얀 구름의 그림자가 수면에서 검게 번들거린다. 수면은 잠시도 쉬지 않고 변한다. 바다는 모든 걸 비추고 모든 걸 품는다.

잠시 후 수평선 근처에 구름들이 뭉게뭉게 피어오른다. 멀리서 천군만마가 구름 먼지를 일으키며 달려오는 듯하다.

무엇이 나를 매일 이곳으로 이끄는 것일까. 어쩐지 그런 내가 조금 두렵다.

새를 보았다. 대양으로 나온 후 처음 보는 새다.

"새가 있네" 하고 중얼거렸더니 옆에 서 있던 P가 나지막이 대꾸한다.

"아마 백 년 묵은 날치일 거야."

날치 떼를 보았다는 내 말을 들은 그날 이후 P는 카메라를 들고 대기 중이었다. 문득 수면을 박차고 날아올라 지느러미를 날개처럼 파득거리며 포물선을 그리는 날치 떼를 찍겠다는 일념으로 카메라를 든 손을 내리지도 않고 있다.

한참 후에야 나는, 소코트라를 생각해냈다. 그렇지, 섬이 가까운 거야. 새가 난다는 건 섬이 있다는 증거지. 내가 만약 난파선에 타고 있었다면 저 새가 얼마나 반가웠을까. 막막한 바다와 하늘의 침묵에 짓눌려 탈진한 인간에게 저 조그만 생명의 가벼운 날갯짓은 얼마나 큰 안도감을 줄 것인가.

Perfect day

이제 우리는 아덴만으로 접어들었다. 싱가포르 해협을 빠져나와 인도 대륙 남단을 지나고 아라비아해에서 북서진해서 아라비아반도 남단의 예멘 인근 공해상으로 들어선 것이다.

오늘 오후에는 홍해로 들어간다고 한다. 날씨는 쾌청하고 바다는 잔잔하다.

어제는 내가 창작실을 쓰는 날이었다. 아침에 일어나 샤워를 하고 일기를 쓴 후 『파이 이야기』를 읽었다. 곧 점심시간 벨이 울릴 터였고 동시에 창작실 체크아웃 시간이었다. 나는 노트북과 잡동사니들을 책상 한쪽에 차곡차곡 챙겨놓고 느긋하게 소파에 앉아서 책을 읽었다. 환기를 시키려고 열어놓은 동그란 창에서는 상쾌한 바닷바람이 살살 불어왔다. 모든 것이 여전했다. 나는 마치 오랫동안 이 방에서 살아온 사람처럼 자연스럽고 익숙했다. 완벽한 날이었다.

리처드 파커를 길들여야 했다. 그 필요성을 깨달은 것은 바로 그 순간이었다. 그것은 그의 문제나 나의 문제가 아니라 그와 나의 문제였다. 우리는 문자 그대로 또 비유적으로도 같은 배를 타고 있었다. 죽어도 같이 죽고 살아도 같이 살 터였다. 그가 사고로 죽을지도 모르고 자연사할지도 모르지만, 그런 가능성을 기대하는 것은 어리석은 짓이었다. 시간이 흐르면 동물의 끈질김은 사람의 연약함보다 오래 버티기 마련이니까. 내가 호랑이를 길들인다면, 필요할 경우 그를 속여서 먼저 죽게 할 수도 있을 터였다.

하지만 그것만은 아니었다. 죄다 말하겠다. 여러분에게 비밀을 털어놓겠다. 마음 한편으로 리처드 파커가 있어 다행스러웠다. 마음 한편으로는 리처드 파커가 죽는 걸 바라지 않았다. 그가 죽으면 절망을 껴안은 채 나 혼자 남겨질 테니까. 절망은 호랑이보다 훨씬 무서운 것이 아닌가. 내가 아직도 살 의지를 갖고 있다면, 그것은 리처드 파커 덕분이었다. 그 때문에 나는 가족의 비극적인 처지에 대해 많이 생각하지 못했다. 그는 나를 계속 살아 있게 해주었다. 그런 그가 밉지만 동시에 고마웠다. 지금도 고맙다. 이건 분명한 진실이다. 리처드 파커가 없다면, 나는 오늘날 이렇게 살아 여러분에게 내 이야기를 들려주지 못했을 것이다.

수평선 주위를 둘러보았다. 여기 그야말로 완벽한 서커스 링이 있지 않은가? 숨을 데가 한 곳도 없는 둥그런 서커스 링. 나는 바다를 내려다보았다. 이거야말로 그가 복종할 이상적인 조건이 아닌? 나는 구명조끼에 호루라기가 매달려 있다는 것을 생각해냈다. 그가 말을 듣게 할 좋은 채찍이 되지 않을까? 리처드 파커를 길들이는 데 필요한 것 중 빠진 게 뭘까? 지나가던 배가 나를 보려면 몇 주가 걸릴지 몰랐다. 시간은 남아돌았다. 결단? 결단을 내리는 데 극도의 필요성만 한 것도 없다. 지식? 나야 동물원 주인의 아들이 아니던가? 보상? 생명보다 더 큰 보상이 있을까? 죽음보다 더 심한 벌이 있을까? 나는 리처드 파커를 바라보았다. 공포심이 가셨다. 두려움이 제거되었다. 생존이 목전에 있었다.

줄곧 호랑이 밥이 될지 모른다는 공포에 질려 있다가 호랑이가 나를 살리는 존재로 반전하는 대목은 이 책의 백미이면서 가장 감동적인 부분이었다. 내내 숨을 참고 있기라도 한 듯 깊이 숨을 내쉬며 시계를 보니 십오 분 전 열두시였다.

그 순간이었다.

배가 멎었다.

고막을 찢을 것 같은 굉음이 먼저였는지도 모른다. 동시에 누군가 방을 통째로 흔들어대는 것 같은 충격파가 밀려왔다. 내가 앉은 소파 옆의 냉장고 문이 활짝 열리면서 내용물이 쏟아져 나왔다. 냉장고, 티브이, 책상은 고박을 해놓았으니 넘어지지 않았지만 냉장고 문이 왈칵 열린 것이다. 갑자기 거대한 무엇과 충돌을 일으켜 배가 멎어버린…… 그러나 배가 멎다니? 그건 있을 수 없는 일이었다. 육지였다면 자동차가 충돌했거나 내가 앉아 있던 아파트가 무너졌다고 해도, 그래 비행기가 추락했다고 해도 받아들였을 것이다. 그랬다면 그 상황을 받아들이기가 훨씬 쉬웠을 것이다.

11일 홍콩에서 승선하여 21일, 열하루째였다. 나는 포춘호의 거대함에, 그러나 거대함을 으스대는 허세나 위용보다는, 묵묵함으로 밤이고 낮이고 쉬지 않고 같은 속도로 가고 또 가는, 그 믿음직함에 얼마나 젖어 있었던가. 그것을 스승으로 받아들여 배우고자 하지 않았던가. 우리가 술 마시고 노는 시간에도, 우리가 자는 시간에도, 그는 그저 가고 또 갈 뿐이었다. 조금의 흔들림도 없이. 그것은 어떤 위용보다 나를 겸손하게 했고 고개 숙이게 했다.

그랬던 포춘에서 갑자기 폭발음이 들리고 방이 부서져 내리고, 심지어는 멎어버렸다. 그건 마치 어떤 대륙에라도 부딪힌 것 같은 충격이었다. 그러나 이곳은 바다 한가운데. 도대체 무엇과 부딪힌단 말인가? 북극해나 남극해라서 빙하에 부딪힌 것인가, 해협이라서 배와 충돌했단 말인가, 아니면 갑자기 지각변동이라도 일으켜 해도상에도 없던 섬이 솟구치기라도 했단 말인가.

그러니 이것은 꿈이다. 현실이 아니다. 내가 눈을 뜨고 앉아서 꿈을 꾸는 것이다.

차라리 그편이 받아들이기 쉬웠다.

인도양을 벗어나면서 창문으로 들어오는 바람은 얼마나 상쾌했던가. 몇 분 후면 울릴 식사 종을 기다리며 책을 읽고 있던 그 시간, 오후에는 홍해로 접어들 거란 기대감까지, 나는 '아, 정말 완벽한 순간이구나' 생각했다.

완벽한 것은 깨어지는가?

나는 본능적으로 안경부터 찾았다. 소파 옆 테이블에 놓아둔 안경이 보이지 않았다. 제발, 깨지지 않았기만 빌었다. 그 긴박한 순간에도 머릿속 어느 한구석에서는 영화 「빠삐용」에서 감옥에 갇힌 더스틴 호프만이 부러진 안경다리를 고무줄로 묶고 있던 장면이 떠올랐다. 인간의 뇌를 신비하다고 해야 할지, 아니면 태평하다고 해야 할지. 안경을 찾아 테이블 아래를 더듬거리는데 J가 불쑥 나타났다. 방문도 열지 않고 어떻게? 역시 꿈이야. 그런데 다시 보니 복도 쪽으로 면한 벽이 넘어가고 문도 넘어가 있었다.

빨리 나오라고, J가 소리쳤다.

너무나 비현실적인 상황이었다.

몸으로는 배에 무슨 일이 생겼다는 걸 받아들이고 있었지만 머리로는 인정이 되지 않는 괴리감을 어떻게 설명할 수 있을까.

L은 우리 방에 있었다. 방에 모여 있는데 3항사가 나타나서 빨리 복도로 나와 손잡이를 잡고 있으라고 한다. 그런데 맞은 편 복도 끝, P의 방이 잠잠했다. 달려가 보니 그는 팬티 바람으로 바닥에 주저앉아 있었다. 사고 순간 샤워를 마치고 나오는 중이었는데, 책상 옆 창문이 산산이 깨지면서 바닥에 흩어진 유리 조각을 엉겁결에 밟았다고 했다. 발바닥에서 피가 나고 있었지만 큰 상처는 아닌 것 같았다. 빨리 옷 입고 밖으로 나오라고 일렀다.

그때 3항사가 다시 내려와 구명조끼를 입고 브리지로 올라오란다. 그때 옷을 입고 나온 P가, "해적이에요?" 하고 물었고, 그가 그렇다고 대답했다. 해적이라니? 우리에게 그런 일이 정말 일어난 것인가. L은 얼굴을 보면 안 된다고 소리쳤다. 해적들은 자기들 얼굴을 본 사람들을 죽인다고, 교육 시간에 들은 기억이 났다.

매일 여닫던 옷장 서랍 제일 아래 칸에 구명조끼 모양의 스티커가 붙어 있었지만 그때까지 한 번도 열어보지 않았다. 나는 뻥 뚫린 벽 너머 책상 위에 놓여 있는 노트북 가방을 들고 와서 서랍에 넣었다. 앞으로 어떤 상황이 벌어질지 모르지만 나중에라도 찾을 수 있기를 바라면서. 아직 상황을 정확히 모르는 그 순간만 해도 이 모든 게 해프닝으로 끝나고 노트북을 다시 찾을 수 있을 거라고 생각했다. 나는 추리닝 바지와 반팔 티셔츠 위에 구명조끼만 입고 브리지로 올라갔다.

브리지 입구에 2항사가 피를 흘리며 쓰러져 있었다. 막연하던 위기감이 실체로 다가오는 순간이었다. 브리지는 사방으로 흩어진 서류 뭉치들과 시커먼 연기와 매캐한 냄새로 가득했다. 스타보드 쪽 윙브리지로 나갔다. 거주 구역 뒤 선미 쪽 컨테이너에서 시커먼 연기가 피어오르고 있었다. 배는 멈춘 상태였다. 뻔히 보면서도 믿을 수 없었다.

사방이 탁 트인 곳인데도 매캐한 연기 때문에 눈물 콧물이 나고 숨을 쉴 수 없을 지경이었다. 불길이 솟아오르는 곳은 브리지에서 한참 멀리 떨어진 곳임에도 불구하고 열기 때문에 얼굴이 화끈거렸다. 해적이 아니고 컨테이너가 폭발했다는 걸 그때 알았다. 해적보다는 나은 걸까? 그때야 P가 카메라 가방을 메고 있는 걸 보았다. 나도 노트북을 가져올걸, 잠시 후회했다. 당장 해적들에게 포박당할 줄 알았는데, 그나마 한숨 돌릴 여유가 생긴 것이다. 하지만 다시 돌아가서 노트북을 가져오는 일은 일어나지 않을 것 같았다.

3항사가 2항사에게 응급처치를 하고 있었다. 눈이 찢어져 피가 흐르고 있었다. 3항사가 바늘을 가지러 간 사이 내가 소독을 해주었다. 1항사가 물에 적신 수건을 나눠주었다. 그걸로 코를 막았더니 숨쉬기가 한결 나았다.

윙브리지에 쪼그려 앉아 있는데 선장이 나타났다. 차마 그의 얼굴을 똑바로 볼 수가 없었다. 화락화락 웃고 떠들며 이야기하던 사람이 절체절명의 위기의 순간에 서 있는 모습은 차마 마주 볼 수 없는 것이었다. 누구도 대신할 수 없는 고독의 순간이 그에게 찾아온 것이다. 이 모든 상황을 책임지고 수습해야 하는 것이 바로 그였다. 배에 타고 있는 선원들과 우리, 그리고 포춘의 운명이 그의 책임이었다. 우리는 모두 그의 말이 떨어지기만 기다리고 있었다. 이제 그는 수십 년간 항해하면서 모셔두었던 고독의 의자로 올라가야 하는 것이다.

브리지에서 홀깃 본 GPS에는 점 하나가 우뚝 멈춰 있었다.

선수로 내려가라는 선장의 명령이 떨어졌다. 계단을 내려가던 P가 E데크 복도를 들여다보며 노트북을 가져가자고 했다. 그러나 양쪽 방에 시커먼 연기가 자욱했다. 아무것도 보이지 않았다. 들어가면 질식할 것 같았다. 나는 이미 틀렸다고 말하며 P의 등을 밀었다.

선수는, 여전히 고요했다. 몸집이 하도 커서 꼬리에 불이 붙은 것도 모른 채 우두커니 서 있는 초식동물 같았다. 선미의 컨테이너에서 솟구치는 시커먼 연기는 온 바다를 뒤덮을 기세였다.

기관실의 기관원들과 갑판수들이 모두 선수에 모여 웅성거렸다. 윙브리지의 회식 이후 처음이었다.

폭발과 함께 바다로 튕겨 날아간 컨테이너가 여기저기 흩어져 있는 풍경은 기괴하기 짝이 없었다. 차곡차곡 쟁여서 굵은 쇠 와이어로 고박되어 있던 컨테이너가 어째서 이런 꼴을 하고 있는가. 어떤 것들은 절반쯤 잠긴 채 연기가 피어오르고 있었고 어떤 것들은 해류에 몸을 맡긴 채 떠 있었다. 윗부분이 날아가 컨테이너의 골조가 갈비뼈처럼 드러난 채 화염에 휩싸인 것도 있었다. 이토록 파국적인 풍경이라니. 선수 쪽으로 불타는 컨테이너 하나가 흘러왔다. 바닷물에 빠졌는데도 컨테이너의 불은 꺼지지 않았다. 지지직, 소리를 내며 타들어가는 컨테이너가 마치 한 마리 짐승처럼 고통스러워 보였다.

바다를 둘러보고 있는데, 선원들이 하나둘 사라지고 우리 넷만 남았다. 그들은 요령 있게 각자 자기 방으로 들어가 짐을 챙겨서 내려왔다. 우리는 그것도 모른 채 황망해서 어쩔 줄 모르고 있었다.

'구명조끼에 진짜로 플래시와 호루라기가 달려 있구나.'

책이나 영화에서만 보던 걸 내 눈으로 처음 확인했다. 그걸 유심히 바라보았다. 이걸 이렇게 절박한 심정으로 바라보는 날이 오다니…… 하지만 구명조끼에 의지해 내가 살겠구나 하는 생각보다는 이렇게 죽을 수도 있겠구나 하는 생각이 먼저 들었다.

가장 먼저 떠오른 건 딸이었다. 하나뿐인 딸이 걱정될 뿐, 막상 이렇게 죽을 수도 있겠구나 싶자, 놀랍도록 담담해졌다.

파이의 말처럼 삶은 보상이고 죽음은 벌인, 바로 그 순간에 내가 놓여 있었다. 벌 받을 일이 너무 많은 것 같아서, 곧바로 인정할 수 있었다. 삶이 얼마나 아름다운지, 살아 있으므로 느끼는 한 줌의 바람결과 우주의 빛과 그림자가 명멸하는 황홀의 순간을 이 열흘 동안 너무 집약적으로 모두 살아내버린 것인지 모르겠다. 어쩌면 그것조차 벌 받을 일인지도 모르겠다. 만약 내가 여기서 죽는다면 아름다움의 절정에서 죽는 것이니 죽음의 순간치고 크게 나쁘지 않다는 생각도 들었다. 죽음이 두려운 이유는 뭘까. 죽음이 두려운 건 살아 있기 때문이 아닐까? 살아 있는 한 우리는 죽음을 두려워할 수밖에 없는 연약한 생명이 아닌가. 그 두려움은 죽어야 끝이 난다. 선택의 여지가 없을 때, 내가 할 수 있는 게 받아들이는 것밖에 없다고 생각하니, 마음은 전에 없이 고요하고 차분해졌다.

방에 두고 온 것들 따위는 안중에도 없었다. 어휘 하나, 쉼표 하나도 고심하며 만들었던 문장들도 허망했다.

그러고 있는데 기관장이 나타나 최대한 신속하게 짐을 챙겨 오란다. 폭죽놀이라도 하듯 여기저기서 펑펑 터지던 폭발이 잠시 잦아든 것 같았다. E테크로 올라가니 좀 전과 달리 연기도 심하지 않았다. 우리는 은행털이들이 현금다발을 챙기듯 노트북과 여권 등 중요한 것들을 캐리어에 쓸어담았다. 방금 전 모든 걸 초연히 포기하겠노라고 했는데, 허겁지겁 짐을 쑤셔 넣고 있는 상황은 정말이지 누군가의 짓궂은 농담이라는 생각밖에 들지 않았다.

그러나 상황이 끝난 건 아니었다. 언제 뭐가 무너지고 폭발할지 누구도 알 수 없었다.

퇴선

컨테이너가 마치 초콜릿 바처럼 배의 난간으로 녹아내리고 있었다. 선미에서는 시커먼 연기가 쉬지 않고 솟구쳤다. 시커먼 불기둥이 하늘까지 닿을 기세였다. 컨테이너는 더 이상 바다로 튕겨 날아가지 않았지만, 내부의 물건들에 불이 옮겨 붙으면서 크고 작은 폭발이 단속적으로 이어졌다. 이런 폭발들이 동시에 발생하면 언제 다시 컨테이너가 로켓포처럼 날아갈지 아무도 모르는 일이었다. 미려하게 디자인되고 상품으로 만들어져 수출길에 올랐던 수많은 이들의 꿈은 이제 끔찍한 유독가스를 내뿜는 환경오염물질로 돌변했다. 티브이, 냉장고 등의 가전제품과 고무, 플라스틱 제품들은 화마에 휩싸이는 순간 엄청난 재앙이 되었다. 사방이 뻥 뚫린 윙브리지에서도 그 냄새에 질식할 것만 같았다.

그런데 선수는 기이하리만큼 고요했다. 아무 소리도, 아무 냄새도 느낄 수 없었다. 이 적막은 또 무엇인가.

수평선 부근에서 하나둘 배가 나타나기 시작했다. 인근을 항해하다가 SOS 타전을 듣고 달려온 배들일 것이다. 그나마 다행인 것은 인도양 한가운데가 아닌 대륙에서 가까운 위치라는 점이었다. 그러나 배들은 관망만 할 뿐 쉽사리 다가오지 못했다. 언제 다시 컨테이너가 폭발할지, 그리고 선박의 대폭발로 이어질지 누구도 장담할 수 없기 때문이었다.

선장은 이 위기를 어떻게 돌파할 것인가. 선원들과 우리는 무기력하게 넋을 놓고 바다만 바라보고 있었다. 브리지는 유독가스 때문에 일 분도 참기 어려울 터인데, 선장은 지금 이 시각 그곳에서 구난신호를 보내고 있을 것이다.

참으로 아이러니했다. 온통 물로 둘러싸인 바다에서 배가 불타고 있는데 불을 끌 엄두도 낼 수 없는 상황이었다.

하늘은 이루 말할 수 없이 파랗다. 그 하늘을 받들어 모신

바다도 파랗다. 망망대해 바다에서 나는 불타는 배 위에 있다. 그럼에도 세상은 너무나 고요하다. 나도 고요하다. 그것이 상황 인식의 전부였다.

결국 운명이란 내 손을 떠난 것을 이르는 말이 아니겠는지. 그렇게 세 시간 정도 지났을 무렵이었다.

선장의 퇴선 명령이 떨어졌다.

그것은 배를 포기한다는 의미였다. 배를 버리고 탈출한다는 의미였다. 불타고 있는 배를 버리고 우리만 살길을 도모한다는 의미였다.

시간이 흘러 어느 정도 예측 가능한 상황이 된 것이다. 깜짝 놀랄 만한 폭발이 일어나지 않으리라는 보장은 누구도 할 수 없지만 그런 일이 일어나더라도 처음처럼 무방비로 놀라기만 하지는 않을 것이며, 그사이에 조심스럽게 살길을 도모해야 한다는 판단을 내린 모양이다. 배는 어쩔 수 없지만 인명을 구해야 한다는 최종 결정인 셈이다.

영해가 아닌 공해상에서는 국제법이라는 게 있어서 조난사고가 일어나면 근처를 지나는 배들이 서로 돕는 것이 규약이

다. 그러나 그걸 강제할 수도, 그렇게 하지 않는다고 처벌할
수도 없다. 위험을 무릅쓰고 다른 생명을 구하라고 강요할 수
는 없는 것이다. 결국 이것은 인류애다. 위험에 처한 생명을
구하는 것은 법규 따위 때문이 아니다. 인간이기 때문이다.

　작은 모터보트가 다가오고 있었다. 네덜란드 함선에서 보낸
보트였다. 우리는 손님이란 이유로 가장 먼저 퇴선하게 되었
다. 그런데 갱웨이가 말을 듣지 않았다. 그것은 우리가 올라올
때도 이용했고 선원들도 이용하고 파일럿도 이용하던, 난간
이 있는 철제 계단이다. 전기장치에 의해서 스르르 펴지고 접
히는 방식이었으니 아마 전기에 문제가 생겨서 작동되지 않는
것 같았다. 줄사다리가 등장했다. 비상시에는 언제나 아날로
그로 돌아가게 된다. 줄사다리는 굵은 밧줄에 나무 발판이 걸
려 있는 것이었다. 갑판에서 보트까지, 아파트로 치면 6, 7층
높이에서 수심 4천 미터의 바다를 향해 내려가야 한다. 바람
이 불지도 않는데 허공에 걸린 줄사다리는 한 발씩 내려디딜
때마다 오른쪽으로 왼쪽으로 출렁거렸다. 내가 빨리 내려가야
다른 사람들도 내려온다는 생각 때문에 초조한 마음과 공포심

이 뒤엉켜 자꾸만 스텝이 꼬였다. 내려가도 내려가도 끝이 나지 않는 깊은 수렁에 갇힌 기분이었다.

열 명 남짓이 탈 수 있는 보트였다. 보트는 그렇게 몇 번을 왕복하며 선원들을 함선으로 실어 날랐다. 네덜란드 함선으로 올라갈 때도 줄사다리를 탔다. 굵은 밧줄에 나무 발판을 건 방식은 우리와 같았다. 그런데 한 가지 다른 점이 있었다. 나무 발판 다섯 개 정도마다 다른 발판보다 두 배 정도 긴 발판이 끼워져 있었다. 그것이 줄사다리가 출렁거릴 때 배의 측벽에 부딪히면서 사다리가 꼬이는 걸 막아주는 브레이크 역할을 했다. 이렇게 사소한 걸 우리는 왜 모르고 있을까, 긴박한 순간에도 그런 생각을 했다.

아니, 내가 하고 싶은 이야기는 이런 게 아니다.

출렁거리는 줄사다리를 내려와 보트에 올라타고 포춘호를 떠날 때였다. 보트가 뱃머리를 돌려 떠나는데 갑자기 울컥했다. 불타는 배를 밖에서 바라본 것이다. 뜨거운 무언가가 목구멍까지 치받고 올라왔다.

며칠 전, 술자리를 마치고 방으로 돌아갈 때였던가. 방문을 열고 나가는데, 실내 불빛이 달리는 배와 밤바다를 비췄다. 내가 자고 있을 때도 술을 마시며 웃고 떠드는 순간에도 글을 쓰고 책을 읽을 때도 배는 여전히 달리고 있을 거라고 생각은 하고 있었지만, 그날 밤의 그 장면은 막연하게 생각만 하던 것을 구체적인 이미지로 뇌리에 각인시켰다. 배의 난간과 그 아래로 보이는 검은 물결, 그것은 한 장의 흑백사진처럼 기억에 박혀 있었다.

그리고 그때, 배는 사물 이상의 어떤 것이 되었다. 한낱 쇳덩어리가 반짝 눈을 뜨면서 생명체가 되는 순간이었다. 그는 묵묵히 자신의 할 일을 하는 든든하고 믿음직한 존재였다. 나는 그로부터 무한히 따뜻하게 보호받고 있었다. 그때부터 배는 내게 하나의 인격체였다.

그런 그를 떠나는 것이다. 죽어가는 그를 보살펴주기는커녕 나 혼자 살겠다고, 그를 버려두고 도망가는 것이다. 불타는 전쟁터에 죽어가는 애인을 남겨두고 혼자 빠져나오는 심정이었다. 퇴선은 내게 그런 것이었다.

멀어지는 포춘호를 바라보는데 걷잡을 수 없이 오열이 터져 나왔다.

불구경처럼 재밌는 구경은 없다고 한다. 6만 톤 급의 배가 불타는 광경은 평생 다시 볼 수 없는 구경일 것이다. 하지만 우리에게는 너무나 고통스러운 장면이었다. 네덜란드 함선은 멀찌감치 정박한 채 불타는 포춘호를 줄곧 바라보고 있었다. 우리들은 함선으로 올라가자마자 의료진들에 의해 간단히 건강검진을 받고 음료수와 샌드위치를 점심으로 제공받았다. 네덜란드 로테르담이 우리의 목적지였던 걸 생각하면 기분이 묘했다. 배도 그 나라의 영토로 가늠한다니, 그렇게 우리는 목적지에 간 셈이라고 해야 하나? 식당 CCTV를 통해서도 불타고 있는 포춘호가 보였다. 외면하고 싶어도 보지 않을 수 없었다. 고문을 당하는 기분이었다.

제일 마지막으로 포춘호를 빠져나온 선장과 기관장이 다시 포춘호로 간다고 했다. 행여 기관실이 폭발하면 기름탱크에 있던 벙커시유가 온 바다를 오염시킬 것이므로 그것에 대비해 기관실에 이산화탄소를 분사하기 위해서였다. 하지만 간신히 빠져나온 배로 다시 돌아간다니. 그렇게 딱딱하게 굳은 선장의 표정은 처음이었다.

우리는 원래 할 일 없이 밥이나 축내던 사람들이었지만, 선원들이 맥없이 불타는 배를 바라보고 있는 모습은 무장해제당한 군인들처럼 처량해 보였다. 하물며 선장이야 두말할 것도 없었다. 우리는 갑판 여기저기에서 네덜란드 군인들과 섞여 불타는 배를 바라보는 것밖에 할 일이 없었다. 불은 잦아들지도 더 거세지지도 않은 채 활활, 기세 좋게 타올랐다.

그날은 좀 이상한 날이었다. 그동안 늘 수평선에 먹구름이 끼거나 날이 흐려 제대로 된 노을을 본 적이 거의 없었다. 그런데 그날은 불타는 배의 기운을 받기라도 한 듯 노을마저 활활 타올랐다. 게다가 파수까지 서가며 기다렸던 돌고래가 함선 앞에서 떼를 지어 헤엄치는 게 아닌가. 그토록 보고 싶던 돌고래였지만 기뻐할 수 없는 우리의 처지가 처연했다. 어쩌면 돌고래도 난데없는 굉음에 놀란 것인지 몰랐다.

몇 시간 만에 선장은 폭삭 늙어 보였다. 이산화탄소 분사를 마친 그는 면세물품 보관창고를 열고 남아 있는 위스키 몇 병을 챙겨왔다. 그런데 이상했다. 병 속의 술이 절반밖에 되지 않았다. 병뚜껑을 따지도 않았는데 말이다. 마셔보니 알코올

은 싹 날아가고 맹물만 남아 있었다. 타는 속을 술로 다스려보려고 했으나 그것도 여의치 않았다. 얼마나 뜨거우면 병 속의 알코올이 증발해버렸을지, 짐작이나 할 뿐이었다.

그날 밤, 우리는 네덜란드 함선의 선실 여기저기에 끼어서 쪽잠을 잤다. 그리고 날이 밝자마자 밖으로 나갔는데 그때까지도 배의 불길은 그대로였다. 하는 일도 없이 다시 아침을 먹고 쉬고 있는데 서울 본사에서 연락이 왔다. 선기관장과 1항사, 1기사만 남고 모두 귀국하라는 명령이었다. 하긴, 선적화물을 목적지까지 운반하는 책임은 거기에서 끝이 났다. 책임을 다하지 못했으니 돌아가야 하는 것이다.

명령은 신속하게 이행되었다. 오후에 우리를 데리러 온 모터보트는 예멘 경찰 소속이었다. 포춘호가 폭발한 지점은 아덴만으로, 예멘의 영해 부근이었다.

우리들은 양가적인 감정 사이에서 흔들렸다. 이유가 어찌되었건, 우리가 탄 배가 사고를 당했으니 이루 말할 수 없이 마음이 아팠다. 행복했던 만큼 아팠다. 우리 탓인가 싶어 죄책감마저 들었다. 그러니 빨리 우리가 사라져야 선의의 기회를 제공해준 H상선 측에 피해를 주지 않으리라는 생각 하나. 그리고 행복했던 만큼 포춘호의 마지막을 지켜주고 싶은 마음이 또 하나였다. 그러나 다분히 감상적인 이런 생각은, 참혹하고 막막하기만 한 뒷수습을 생각하면 입도 뻥긋할 수 없는 말이었다. 우리는 아무 말 없이 하라는 대로 했다. 선장을 두고 떠나는 발걸음은 쉽게 떨어지지 않았다.

예멘의 밤

보트가 예멘 항구에 닿자 사람들이 몰려들었다. 기다렸다는 듯 우리에게 카메라를 들이대는 사람들도 있었다. 그곳 기자들인 것 같았다. 배가 폭발해서 불타고 있다는 것이 이미 알려진 것이다. 현지 경찰들이 다가와 길바닥에서 우리의 짐을 검사했다. 어수선하나마 입국심사인 셈이었다. 입국심사를 마친 후 H상선 주재원의 안내로 미니버스에 타고 가까운 호텔로 갔다. 그곳에서 하룻밤을 묵은 후 다음 날 예멘의 수도 사나에서 비행기로 출국하게 될 거라고 했다.

간단히 저녁을 먹고 선원들은 입을 옷을 구하기 위해 밖으로 나갔다. 우리도 따라 나가서 시내를 구경했다. 예상치도 못하게 발을 디딘 예멘이라는 나라에 대해 우리는 아는 것이 하나도 없었다.

더운 나라라서 그런지 늦은 밤인데도 거리에는 사람들이 무척 많았다. 시장을 구경하다가 문이 활짝 열린 모스크에서 사람들이 기도하는 모습을 보고서야 그 나라가 이슬람 국가라는 걸 알았다. 열대의 나라답게 색색의 과일과 향신료가 가득한 시장을 둘러보았다. 대부분의 여자들이 히잡을 쓰고 있었다. 어딘지 어수선한 느낌이었다.

호텔로 돌아와 쉬고 있는데 갑자기 주재원이 나타났다. 한밤중에 당장 사나로 출발해야 한다는 것이다. 그것도 우리 네 명의 작가들만. 배가 폭발한 것만 해도 큰 사건인데, 거기에 선원이 아닌 사람들이 타고 있었다는 것이 알려지면 파장이 커질 우려가 있다는 판단 아래 우리를 최대한 빨리 귀국시키라는 게 본사의 결정이라고 했다. 갑자기 우리는 정체가 탄로나면 안 되는 존재가 되어버렸다. 비행기 이륙시간이 아침 아홉 시이므로 자정 무렵 출발한다고 했다. 공항이 있는 사나까지는 일곱 시간 정도 걸린다고 했다.

서둘러 짐을 챙겨서 호텔 밖으로 나오니 우리가 타고 갈 차가 기다리고 있었다. 어둠 속에서도 낡은 차구나 싶었는데, 막상 달리기 시작하니 예상보다 심각해서 폐차장에서 끌고 온 차 같았다. 밤이 깊을수록 기온은 뚝뚝 떨어져서 으스스 떨릴 지경인데 히터는 작동하지 않았고, 조수석 발치에는 바닥이 삭아서 구멍이 나 있었다. 그곳으로 찬바람이 휙휙 들어왔다. 그 구멍을 발로 막고 있던 P는 사나에 내리자 다리가 얼어버린 것 같다며 절룩거렸다. 운전기사는 예멘 사람으로 간단한 영어도 통하지 않았다. 덩치가 얼마나 큰지 머리가 자동차 천장에 닿았다. 그는 각성제로 보이는 잎담배를 쉬지 않고 씹고 있었다. 손짓과 발짓, 웃음, 그게 우리가 소통할 수 있는 전부였다. 그런데도 그는 우리가 자신의 말을 이해한다고 생각했는지 자꾸만 뭐라고 얘기를 했고, 우리는 그게 무슨 말일까 의논을 하다가 그냥 하하, 웃어버렸다. 잠시 후 우리가 알아듣지 못한다는 걸 깨달았는지 더 이상 말을 붙이지는 않았지만, 우리끼리 무슨 얘기를 하면 한번씩 돌아보면서 씩 웃었다. 나쁜 사람은 아닌 것 같았지만, 계기판 불빛에 비친 시커먼 이빨 때문에 웃는 표정이 공포영화 속 악당처럼 보였다. 입을 꾹 다물고 가는 것도 무섭겠지만, 시커먼 이빨도 무서웠다. 사실은 상황 자체가 공포스러웠다.

　화장실이 너무 가고 싶어서 손짓과 발짓으로 간신히 차를 세운 곳은 칠흑 같은 어둠뿐인 곳이었다. 허허벌판에 주유기 몇 개만 덜렁 있었고 희미한 전등이 바람에 흔들렸다. 현실감이라고는 하나도 없는 그로테스크한 공간이었다. 차 밖으로 한 발을 내딛는 순간 요의가 쏙 들어가버렸다. 우리는 그대로 다시 차에 타버렸다.

　어둠을 뚫고 달리는 차는, 정말 어둠만 뚫고 달릴 뿐 무슨 마을이라든가 거리라든가 하다못해 제대로 된 도로를 달리는 것 같지도 않았다. 대양을 항해하다가 졸지에 끌려 내린 우리는 낯선 행성에 불시착한 듯 몽롱했다. 어쩌면 몹쓸 꿈을 꾸고 있는 건지도 몰랐다.

　그렇게 다시 얼마를 달렸을까. 자동차가 멈췄다. 추위에 떨면서도 서로의 어깨에 기대 잠을 청하던 우리는 찌를 듯한 플래시 불빛에 번쩍 눈을 떴다. 플래시 불빛은 축축하고 차가운 혀처럼 자동차 안의 우리 얼굴을 쓰윽 훑었다. 불빛이 지나고 나서야 플래시를 든 이의 실루엣이 보였다. 운전기사는 종이 한 장을 그에게 내밀며 뭐라고 얘기했다. 아마도 우리의 인적 사항이 적힌 듯했다. 주재원이 마련해준 통행허가증이리라. 불빛이 서류를 비출 때 그의 얼굴이 희미하게 보였다. 그리고 왼쪽 어깨에 메고 있는 장총도. 그건 진짜 총이었다. 그의 뒤로는 카키색의 기다란 군용 코트를 입고 장총을 둘러멘 군인들이 몇 명 무리 지어 있었고 커다란 드럼통 안에서는 불길이 솟구치고 있었다. 검문소라고 할 만한 건물 같은 건 보이지 않았다. 불길이 치솟는 드럼통만이 그곳의 유일한 지형지물이었다.

그제야 우리는 그동안 지나온 곳이 왜 그토록 황량했는지 어렴풋이 깨달았다. 그곳은 삶이 떠난 곳이었다. 죽거나 혹은 죽이는 전선이었다. 유령처럼 희끗희끗하던 것은 반파된 건물이었으며 그곳에 살던 주민들은 죽거나 피난민이 되었을 터였다.

그런 식의 검문을 서너 번은 더 받았다. 말이 통하는 사람도 없이, 어디가 어딘지 모르는 칠흑 같은 전쟁터를 무방비 상태로 달린 것이다.

우리는 완전히 얼어붙은 상태로 사나까지 갔다. 추위에 공

포까지 더해 언 몸에 찬물을 뒤집어쓴 것 같았다.

"차라리 바다에서 죽는 게 낫지 않았을까?"

"여기서는 우리가 죽어도 아무도 못 찾을 거야."

"못 찾는 건 바다도 마찬가지지."

"그래도 보험금이 5억이잖아."

우리는 이런 농담을 하며 긴 밤을 건너왔다.

항해는 끝났으나

항해는 그렇게 끝났다. 그로부터 15년이 흘렀다. 그랬다. 우리는 돌아왔다. 대양에서 배가 폭발했음에도, 폐허가 된 내전의 도시에서도 살아서 귀환했다. 노트북도 챙겨와서 폭발 다음의 이야기를 이어서 쓰고 있다.

예멘이 오랫동안 심각한 내전 상태였다는 건 한국에 돌아와서야 알았다. 나는 여전히 예멘에 대해 많은 것을 알지 못한다. 아직도 그 나라의 정치 상황이 불안하다는 소식에 기가 막힐 뿐이다. 더욱 기가 막힌 건 전쟁터가 되어버린 조국을 떠난 난민들이 우리의 제주도까지 왔다는 소식이었다. 15년 전, 나는 예멘이란 나라에 불시착할 줄 꿈에도 상상하지 못했었다. 그리고 2018년, 한국의 제주도에 불시착할 줄 상상도 하지 못했을 예멘 사람들이 있다.

예멘 사람들이 대거 제주도에 몰려오고 있다는 보도가 이어지더니, 5백 명이 넘는 예멘 사람들이 난민 신청을 했다는 소식에 깜짝 놀랐다. 그것보다 더 나를 놀라게 한 건, 예멘 사람들의 난민 신청 허가를 반대하는 국민청원이 불과 며칠 만에 70만 명을 넘었다는 보도였다. 뉴스만 보면, 당장이라도 제주도가 예멘 사람들에 의해 점거당할 것 같았다.

낯선 것을 두려워하는 건 본능적인 방어기제다. 외모도 종교도 생활 습관도 다른데다 언어마저 달라서 소통이 되지 않으니, 더욱 두려울 수 있다. 하지만 그들은 전쟁을 피해 온 난민일 뿐이다. 삶의 벼랑에 몰린 이들이다. 두려움의 크기를 잴수 있다면 그들이 훨씬 두려울 것이다. 가족과도 헤어지고 재산도 챙기지 못한 채, 그나마 안전한 곳을 찾아온 것이다. 너무 달라서, 너무 몰라서 빚어진 오해는 시간이 지나면 풀릴 거라고 생각했다. 우리는 오직 본능만 살아 있는 짐승이 아니니까. 그리하여 낯선 곳, 낯선 문명을 찾아서 오지도 불사하고 탐험에 나서고, 전혀 다른 나라를 여행하고 견문록을 남기며 다른 문화를 이해하려고 애쓴 기록이 인류의 문화사가 아닌가. 이제 해외여행은 소수의 전유물이던 시대를 지나 오버투어리즘을 경계해야 하는 시대가 되지 않았던가. 일부 여행객들은 이국의 내밀한 구석까지 함부로 카메라를 들이대는 무례를 저질러 눈살을 찌푸리게 하지 않던가. 그런데 예멘 난민에 대해서는 시간이 흐를수록 오해가 풀리기는커녕 실상이 악의적으로 왜곡되고 있었다. 작은 실수는 부풀려지고 개인의 일탈은 예멘 사람들 전체의 잘못으로 덧씌워졌다. 낯선 것에 대한 두려움은 약자에 대한 무시와 배제로 바뀌어갔다. 혐오 발언은 차마 입에 올리기도 어려웠다. 뭔가 자연스럽지 않았다. 두려움을 조장하고 거기에서 이익을 취하려는 추악한 세력의 입김이 작용한 것일 테다.

나는 이렇게 생각한다. 우리의 삶이 신비로운 건 미래가 미지의 영역이기 때문 아닐까. 앞날을 환히 안다고 가정해보면, 그것이 얼마나 지루한 일인지 금방 알 수 있다. 마치 엔딩을 알고 있는 영화처럼 말이다. 오직 자신의 안일만을 도모하면서 계획대로 삶이 흘러간다면 만족스러울 수는 있겠다. 하지만 삶의 신비는 거기에 있지 않을 것이다. 제주도에서 예멘의 난민들을 두고 혐오의 말들이 무섭게 끓어넘치던 때였다. 그런 말들을 가볍게 무시하고 그들에게 자신의 공간을, 마음을 내어준 이들이 있었다. 가벼웠을 리가 있겠는가. 다만 우리는 지구라는 한배에 탔다는 생각을 그들은 했을 것이다. 거기에 무슨 거창한 논리가 필요한가. 인류애면 되는 것이다. 위험에 처한 사람들은 구해주고, 손 내밀어주면 되는 것이다. 법이니 권력이니, 그런 게 아니라 상식이면 되는 것이다. 인정이면 되는 것이다. 그것이야말로 인간의 본능이라고 나는 생각한다. 거기에서 사랑을 꽃피운 이들도 있다. 셰프 출신의 남자와 결혼해서 이슬람 식당을 연 제주 여자도 있다. 2년 전 제주도에서 두어 달을 지내는 동안 나는 그들의 식당을 찾아갔다. 언젠가 바르샤바에서 먹었던 팔라펠과 홈무스, 양고기 케밥을 제주도에서 예멘인 셰프가 제대로 만든 것을 맛볼 수 있었다. 수줍음이 많은 그는 주방 밖으로 고개만 살짝 내밀어 나와 인사를 나누었고, 제주 여인은 초면임에도 내면이 단단하고 아름다운 사람이라는 걸 알 수 있었다. 삶의 신비는 선입견이나 편

견, 혐오의 반대편에 있다는 걸, 나는 그들 부부를 보면서 다시 한번 확인했다.

그럼에도 여전히 알 수 없고 이해할 수 없는 것이 있다. 대양에서 배가 폭발했음에도 나는 어떻게 머리털 하나 다치지 않고 살아서 돌아온 것일까. 그것도 대한민국 정부의 손끝도 미치지 않는 인도양 공해상에서 말이다. 그건 무얼 뜻하는 걸까. 국제법이라는 게 있다고는 하지만, 막상 사건이 벌어지면 무정부 상태와 다르지 않은 곳이다. 국가권력이니 사법권이니 하는 게 무력한 곳이다. 거기에서 나는 역설을 본다. 우리가 살아 돌아올 수 있었던 건, 차라리 국가권력 따위가 미치지 않는 곳이기 때문인지 모른다는, 자조적이고 슬픈 생각을 한다. 벼랑 끝에 매달린 사람들 앞에서 관할이니 책임 소재를 따지는 행정권력 따위는 차라리 없는 게 살길이로구나, 냉소하게 된다.

선장을 다시 만난 건 한 달여가 흐른 후였다. 인생에서 두 번 겪기 어려운 고비를 넘긴 탓일까. 다시 그를 보았을 때 우리는 마치 전쟁터에서 살아 돌아온 혈육을 만난 기분이었다.

배는 그 자리에서 꼬박 보름을 탔다고 했다. 마치 소신공양이라도 하듯이 뼈대만 남기고 다 타버렸단다. 그때까지 그 무엇도 접근할 수 없었다. 물 위에서 불타는 배라니.

선원들 말에 의하면 배도 나름의 운명이 있다고 한다. 우리의 포춘호는 그다지 포춘한 운명이 아니어서, 낙뢰도 심심찮게 맞았고 태풍에 깨지기도 여러 차례였다. 선수 한가운데 뾰족하게 솟아 있는 안테나가 살짝 휘어진 것은 말라카 해협에서 벼락을 맞은 상처인데, 그때 안테나와 마스터, 왼쪽 윙브리지가 깨지면서, GPS, 자이로스코프가 제멋대로 따로 놀아 간신히 운항했다는 얘기를 항해 중에 들었다. 캄차카 부근에서는 태풍의 눈에 휘말려 거의 반쯤 깨질 뻔한 위기도 넘겼다고 했다. 그리고 마침내 바다에서 일생을 마친 것이다. 예사롭지 않은 최후였다.

영국의 로이드 보험사는 몇 달간에 걸친 조사 끝에 배가 폭발한 원인을 밝혀냈다. 바다 한가운데에서 불타는 배를 어떻게 조사했는지 놀랍지만, 조사 주체가 특정 국가의 정부가 아닌 보험사라는 점에서 나는 그 결과를 오히려 신뢰할 만하다고 생각했다. 우리 정부보다 외국의 보험사를 믿게 된 현실이 슬프다. 사고와 죽음을 두고 이념의 잣대를 들이대고 혐오의 언어가 난무하는 현실이 믿어지지 않는다. 뼈대만 남길 때까지 침몰하지 않았던 포춘호의 기억 때문에, 세월호가 그렇게 빨리 침몰할 줄은 꿈에도 상상하지 않았다. 그리고 이토록 오랫동안 침몰 원인을 밝혀내지 못하는 상황을 받아들이기 어렵다.

포춘호의 폭발 원인은, 홍콩에서 선적한 컨테이너 때문이었다고 한다. 거기에 실린 화물은 중국 사람들이 몹시 좋아하는 폭죽이었다. 폭죽 역시 냉동 컨테이너처럼 특별 관리를 해야 한다. 물론 비용이 추가된다. 그것을 아끼려던 물주 측에서 일반 화물로 선적한 것이다. 말라카 해협을 빠져나와 스리랑카를 지나 적도 부근을 항해하던 무렵, 급격히 올라간 기온 탓에 수많은 폭죽 중 하나가 발화되었으리라는 게 보험사의 추측이었다. 그러니까 우리가 웃고 떠들며 행복에 겨워하던 즈음 6천여 개의 컨테이너 중 하나가 빠직빠직 타면서 폭발을 준비하고 있었다는 말이다. 결국 비용 문제였다.

세월호도 다르지 않았다. 청해진해운은 승객 수와 화물 선적량을 규정 이상으로 늘이려고 무리하게 증개축을 했으며 화물의 고박도 제대로 하지 않았다. 이 과정에서 승객들의 안전은 고려의 대상이 아니었다. 무엇보다 참담한 건, 세월호가 일본에서 사용 연한을 넘겨서 폐선 처리될 선박이었으며, 국내에서 사용 연한을 늘이기 위해 해운사가 정부에 로비를 했다는 게 밝혀진 것이다. 국민의 안전을 책임져야 할 정부가 일개 해운사의 로비에 놀아난 것이다. 한 나라의 정부가 한낱 이권단체에 불과하다면, 국민들은 과연 누구를 믿어야 할까.

언젠가부터 바다를 바라보면 절로 그런 상념에 젖게 된다. 그럴 때면 살아서 돌아온 것이 마냥 기쁘지만은 않았다. 슬펐고, 미안했고, 부끄러울 때도 있었다.

그래서 나는 더욱더 바다로 간다. 제주도에 갈 일이 생겨도 나는 굳이 뱃길로 간다. 폭발 사고를 겪었는데 무섭지 않냐고 누군가 물으면, 그때 이미 한 번 죽은 것 같다는 생각이 든다. 사람은 누구나 한 번 죽는 거 아닌가.

사고가 내게 트라우마를 남겼다면, 그건 포춘호 때문이 아니라 세월호 때문인 것 같다. 바다는 자본주의 시스템에서 자

유로운 곳이라고 생각했던 나의 순진무구한 마음에 금이 가
버렸다. 폭발 사고에도 불구하고, 오롯이 나와 대면하며 지낸
대양에서의 시간을 아름답게 간직하고자 했던 나의 바람을 산
산조각 내버렸다.

제발, 바다만은 가만두라.

돌아보면 어느 한순간 특별하고 유일하며 아름답지 않은 때
가 없었다. 오랜 시간이 흐른 지금은 포춘의 장엄한 마지막까
지도 그러하다. 이 모든 순간이 어떤 의미와 상징과 은유로 점
철되어 있는 것 같다.

배에 탄 첫날 꾸었던 꿈은 정말 예지몽이었을까? 해몽을 찾
아보면 물에 빠져서 다시 올라오지 않는 것은 그대로 죽는 꿈
이라고 한다. 정말 그럴까? 하필이면 나는 왜『죽음의 한 연
구』를 들고 갔으며 L이 가져온『파이 이야기』는 또 얼마나 절
묘한가. 폭발이 일어나던 순간 내가 읽은 대목도 신기하리만
치 그날의 일을 상기시킨다. 우리는 누구나 죽음을 등에 태우
고 있으나 그것을 인정하는 순간 오히려 공포와 두려움이 사
라진다는 내용이었으며, "생존이 목전에 있었다"가 그날 마지

막으로 읽은 문장이었다.

삶이란 것을 곰곰이 들여다보노라면, 군이 작위적으로 플롯을 만들지 않아도 스스로 한 편의 기승전결을 이루고 있음을 발견하는 순간이 있다. 단순명쾌하게 수미상관한 구성을 보이는 경우도 있다. 지옥이니 천국이니, 심판이니 인과응보니 하는 것도 군이 하늘나라까지 가지 않아도 이승에서 이미 다 이루어지는 것을 나는 종종 보았다. 나의 삶 또한 그렇게 흘러가고 있다는 걸 나는 어렴풋이 느끼고 있다. 때로는 신기하고 때로는 신비롭고 때로는 두렵다. 우리가 이토록 아름다운 세상에 생명으로 온 의미가 있다면, 그리하여 이 생에서 모래 한 줌만큼의 진화라도 이루어내기를 바란다면, 자신의 삶을 골똘히 들여다보아야 하는 이유가 여기에 있지 않을까.

이제 나는, 바다의 침묵과 파괴로부터 무엇을 배울 것인가.

그림 16쪽, 24쪽, 25쪽, 44쪽, 45쪽
신태수 74쪽, 75쪽, 90쪽, 106쪽, 107쪽, 136쪽, 139쪽
167쪽, 170쪽, 171쪽, 174쪽, 182쪽, 183쪽

나는 당신의 바다를 향해 중입니다

© 이성아

1판 1쇄 발행 | 2022년 12월 30일

지은이 | 이성아
펴낸이 | 정홍수
편집 | 김현숙 이명주
펴낸곳 | (주)도서출판 강
출판등록 | 2000년 8월 9일(제2000-185호)

주소 | 서울시 마포구 동교로17안길 21 (우 04002)
전화 | 02-325-9566
팩시밀리 | 02-325-8486
전자우편 | gangpub@hanmail.net

값 13,000원
ISBN 978-89-8218-310-2   03810

* 이 책은 전라남도, 전라남도문화재단의 후원을 받아 발간되었습니다.